楠木正成（上）

新装版

北方謙三

中央公論新社

目次

楠木正成　上

第一章　悪党の秋《とき》

1

火を熾《おこ》すのは、昔から誰よりもうまかった。湿った木でも、どこかに乾いたところがあるものなのだ。そこに火をつけ、少しずつ拡げていく。それで湿ったところも乾き、火の勢いは強くなる。

正成《まさしげ》は、燃えあがった炎のそばに、湿った枝を二本置いた。鳥丸《とりまる》が、またひと抱えの薪を運んできた。

「もうよいぞ。干魚を焼け」

「はい。細い枝に刺します」

「そんなことはしなくても、石の上に置いておけばいい」

火のそばには、いつも石をひとつ置く。ほとんど炎に当たるようなところだ。その石は熱くなり、やがて手も触れられないほどになる。獣肉なども、その上で焼く。

「北へ一里で、矢野荘《やののしょう》か」

呟いた正成の顔を、鳥丸が見つめていた。

「どうした？」

「さっきから、北ばかり見ておられます、殿は」

「そうか」

矢野荘には、かつて寺田方念《てらだほうねん》という悪党がいた。いまでも都鄙《とひ》名誉の悪党、と呼ばれて時々人の口にものぼる。

正成が見た、最初の悪党の戦《いくさ》だった。

「五年前に、死んだ男がいる」

「私が、十歳の時ですね」

鳥丸は、正成の屋敷の下人だった。姓はない。楠木《くすのき》家でも、昔はそうだったのだという。屋敷の入口に大きな楠があったので、楠木という姓にした、と祖父から一度聞かされたことがあった。その前は違う姓で、さらにその前は姓などなかったという。

鳥丸も、元服していい歳になっていた。元服したら、姓を考えればいい。

「死んだ方を、御存知だったのですね」

「知らん。見たことがあるだけだ」

あの時、正成はまだ二十二歳だった。父に言われ、ひとりで諸国を旅していた。学問はそこそこにやったが、世の中のことはなにも知らない、と自分で思っていた。旅に出ろと言われた時、父も同じように見ていたのだということがわかった。

野宿が多く、はじめは楽な旅ではなかった。焚火をうまくやれたので、凍え死にしなかったようなものだった。しかし、半年も経つと、旅に夢中になっていた。

播磨《はりま》矢野荘を通ったのは、出雲《いずも》からの帰りだった。荘園を押領された領主が軍勢を整えているところで、悪党はそれで打ち払われるだろう、と正成は思った。しかし、悪党はたやすくその軍勢を追い返したのだった。

悪党がめずらしいわけではなかった。河内《かわち》の片隅に領地を持っている父も、やっていることは悪党だった。実際に、悪党なのだと父が言うのを聞いたこともあった。

正成が知るかぎり、父は領地を治めようなどとはしていなかった。年貢など、取り立てようともしないのだ。ただ、奈良から京への街道に力を持っていたし、大和川《やまとがわ》の水運にも関係していた。馬借《ばしゃく》を取り仕切ったり、船頭と船を集めて、荷を運ぶことを請負ったりしていたのだ。暮しむきは、豊かだった。元服し、多聞丸《たもんまる》から正成になった時に、小さな屋敷を与えられたが、その時家人《けにん》が五人と、下人《げにん》が三人いた。父の屋敷の家人は、二十人ほどだった。しかし、家人の数よりずっと多くの馬借や船頭を、父は支配下に置いていた。そういう者たちからも、正成は若殿と呼ばれてきた。悪党だったが、いまはそうではない。あのころ、正成はそう考えていた。しかし、武士ともどこか違う。

干魚が脂を出し、小さな音をたてていた。陽が落ちかかっているが、焚火があるので寒くはない。

「寺田方念という男だ」

「あの、都鄙名誉の悪党、でございますか？」

「そうだ。あの男が、闘って死んでいくところを、俺は見ていた。秋に蜂起して、翌年の五月まで、闘い続けていた」

領主の軍勢をたやすく打ち破っただけでなく、六波羅《ろくはら》の軍勢でさえも、何度か押し返したのだ。それまでの、悪党の蜂起では考えられないことだった。年貢米などを襲うが、軍勢が現われたら散る。それが、悪党の闘い方だった。

驚くべきことに、寺田方念は城を築き、そこに拠《よ》って人を集めていた。それは、真っ向から武士の力とぶつかり合うことだった。そして最後は大軍に押し潰されたものの、決して負けているようには見えなかったのだ。

集めた人間のすべてを城に入れ、籠った。寺田方念の失敗は、唯一それだけだろう。半数以上を外に置き、攻囲軍の背後を襲わせて攪乱《かくらん》したら、数千の六波羅軍も負けた可能性があると、正成は思っていた。

戦ぶりは、見ていて身が竦《すく》むほどだった。正成は遠くの山頂から眺めていたが、顔に血が降りかかってくるような気がしたものだ。小心な自分には、とてもできないと思った。少しでも胆《きも》を太くしてこい、と父に言われて出た旅だったのだ。小心さは、あの時もいまも変っていない、と正成は思う。

「勇敢な戦ぶりだった、と聞いております」

「しかし、無謀だった。俺には、そう見えた。戦場から離れた、遠くの山の頂から眺めていただけだがな。結局俺は、山に小さな小屋を作り、そこで暮しながら、結着がつくまで三月も眺めていた」

山の生活は、馴れたものだった。どの季節にどういう山菜を採ればいいか。小さな獣を捕えるには、どういう罠を仕掛ければいいか。そういうことは、幼少のころから身につけていた。だから山中で野宿するかぎり、困ることはなかったのだ。

「干魚をひっくり返せ、鳥丸」

「はい」

炎に照らされ、鳥丸の表情がめまぐるしく変った。

「おまえは、読み書きはできるのだったな？」

「観心寺《かんしんじ》で、一年学ばせていただきました」

「足りんな。赤坂《あかさか》村に戻ったら、もう一年学べ。それから元服させてやろう」

「家人に、お加えいただけるのですか？」

「武術だけでなく、読み書きもきちんとできるようになったらだ」

鳥丸は、武術にはたけていた。躰も、小柄な正成よりすでに大きい。

「寺田という姓をやろう」

「殿が、烏帽子《えぼし》親になってくださるのですか？」

「おまえを河原で拾った時から、そう決めて育ててきた」

「ありがとうございます」

捨てられた子など、めずらしくもなかった。凶作でも、年貢が厳しい。だから、子供などは捨ててしまう。

鳥丸は、拾った時、躰に鳥がとまっていた。腹を減らして、動けなくなっていたのだ。だから鳥丸という名にした。三歳ほどだったのだろうか。いま十五歳ということになっているが、鳥丸のほんとうの年齢を正成は知らない。

「元服したら、太刀を佩《は》いてもよろしいのでしょうか？」

「俺が、いい刀をやろう」

鳥丸は、下人ゆえ脇差しも差さず、短い山刀を腰にぶらさげているだけだった。

「寺田か。名も考えなければならんな」

「寺田方念という方は、それほど殿のお心に残ったのですか?」

「悪党らしい悪党としてな。闘い方も、死に方も見事だった」

「私も、負けぬように闘います。そして、死にます」

「気負うな。おまえはその前に、一年は学問をやらねばならん。それに、楠木一党は、大きな敵など抱えておらぬ」

せいぜい、街道を乱す野伏《のぶせ》りなどを追い払うのが、戦らしい戦だった。それでも父は、配下にいる者を五十、六十と集めては、武術の調練などをやらせている。父が若いころには、まだ荘園領主との争いなどがよくあったのだ。

「世が、乱れる気配はあるな」

正成は呟いた。それを感じたのは、寺田方念の戦を見た時だった。武士が、絶対の力を持っているというわけではない。やり方によっては、軍勢を押し返すことも、打ち破ることも難しくないのだ。

血が、騒ぐ。同時に、戦などしたくないという気持も強くある。

この旅は赤穂《あこう》までで、明日には船頭との交渉に入れるはずだった。瀬戸内海の水運で、物を動かすことを正成は考え、以前から有力な船頭と話を進めていたのだ。それが、まとまりかけている。

旅なら馬でやればいいが、正成は歩くのが好きだった。馬では見過してしまうものが、見える。馬では決して会えない人間にも、出会える。

「播磨でも、悪党の勢力がまた強くなっているという話でしたが、意外に静かなものでございましたね、殿」

赤松円心《あかまつえんしん》という男が、悪党をまとめている。同時に、その追捕《ついぶ》をしたりもしていた。赤松円心が追捕を命じられるということは、六波羅も鎌倉《かまくら》も、悪党の実態をなにひとつとして掴んではいないのだ。

播磨に赤松円心がいるということは、正成でも知っていた。屋敷で世話をしている猿楽の一座などが、播磨だけでなく、全国各地の情勢を伝えてくるのだ。旅を続けながら、民の間で芸能をやる者たちの方が、幕府の役人よりずっとほんとうのことを知っていた。

だから正成は、旅をする者たちを大事にしていた。さまざまな知らせは、財産のようなものなのだ。河内の中だけで、楠木の家は生きていくことができない。

「銭の匂いと一緒に、血の匂いもするとは思わんか、鳥丸？」

「赤穂になにか、不審なことでもございますか？」

「赤穂のことを言っているのではなく、世の中のことを言っているのだ。世の中が乱れれば、俺らの生きる場所は多くなり、銭も入ってくる。そして、血も流れる」

「武士同士の戦になるのでございますか？」

「確かにな。しかし、武士だけですべての結着がつくとは思えんのだ、俺には」

東国の旅では、武士というものの強固さを正成は知った。領地を、命を懸けて守るという武士ばかりで、悪党がつけ入る隙などどこにもなかった。しかし、強固ではあっても、どこかに脆《もろ》さを孕《はら》んだものだ、と正成は感じた。北条《ほうじょう》一門が幕府のほとんどの実権を握り、それ以外の武士は不満を抱いて生きている。その武士たちが、悪党が蜂起を続けているように、次々に反北条として挙兵することはないのか。もしそうなれば、悪党の蜂起とは較べものにならない規模だ。

北条一門以外の武士で、まず思い浮かぶのは、源氏の棟梁の家柄である足利《あしかが》一門だった。いまのところ、北条一門に取りこまれているが、反北条派が集まりやすいのは、やはりそこだろう。

北条と反北条のぶつかり合いというのは、ちょっと考えれば予測はできる。そして、多分北条が勝つだろう。領地のありようを見れば、力の差は歴然としていた。ただ、源氏が平家を倒した時、やはり力の差ははっきりとあり、絶対的に平家が優勢だったはずだ。

なにか、ほかに勝敗を決する要素がある。

それは、東国を旅するだけではわからないことだった。天下の動向は、畿内《きない》にいるのが一番よくわかるのだ。

十九歳から二十二歳までの、三年間の旅で学んだことは多かった。その間に河内に帰ったのは、東国から西国へ移動する時の、一度きりだった。

干魚が焼けた。

鳥丸が、それを竹の皮に載せて差し出してくる。今夜は、これで充分だった。明日になれば赤穂に入り、米の飯も食えるはずだ。

鳥丸が、山刀の柄《つか》に手をかけていた。正成も、忍び寄ってくる人の気配は感じていた。

闇が張りつめてくる。

「何者?」

低く、鳥丸が言った。正成は、竹の皮に載せられた干魚を食い続けた。

人の姿が、影だけになって見えた。七つ、八つと、正成は数えた。かすかな殺気も伝わってくる。野盗だろう、と正成は思った。

最後の干魚を口に入れても、正成はそれ以上のなんの反応も見せなかった。鳥丸は、すでに腰をあげている。

「それ以上近づくと、斬るぞ」

「おい、斬るだとよ。まともな刀も持ってねえくせに」

哄笑。小波のように、闇をふるわせた。二人で八人なら、相手にできるだろう、と正成は思った。小心で臆病である。その分だけ、ほとんど本能のように相手の力を測る。それが身についていた。慌てることはない、と本能が教えていた。

「全部、置いていけ。命は助けてやる。着ているものもだぞ。俺たちは、ここを通る者から、貰うものを貰うだけだ。命までとは言わねえ」

人数が多くても、斬り合いに自信はなさそうだ。武士のやり方ではなかった。耕地を捨てた農民だろう。

「鳥丸、斬るなよ」

正成が言うと、また哄笑が闇をふるわせた。

「こいつらは、田畠を捨てた、つまらんやつらだ。しかし、人だぞ。命を無闇に落とさせてはならん」

「おい、たった二人で、なにを言ってるんだ、おまえら」

「俺たちは、河内からの旅の者だ。銭がないので、野宿をしている。着物を剝がれると、凍え死にしそうなので、そうされたくもない」

「なにを勝手なことを言ってやがる」

「もっと、勝手なことを言わせて貰おう。すぐに去《い》ね。そうすれば、痛い思いをしなくても済む。わかったな」

「生きてるから、勝手なことを言えるんだぜ」

ひとりが、胆力を見せるつもりなのか、踏み出してきた。五、六歩の距離。正成は、懐の中で摑んだ玉を、男にむかって投げた。手首だけ遣うので、投げたとも見えなかっただろう。男の躰が、闇の中でくずおれた。

玉は鉄で、麻の糸を縒《よ》り合わせて丈夫にした紐《ひも》がついている。ともに黒く塗ってあるので、闇の中では見えない。

男が倒れた時、玉は正成の掌の中に戻ってきていた。

「おい」

ひとりが、倒れた男に駈け寄ろうとした。やはり武士ではない。こちらのことより、倒れた仲間を心配していた。正成は、また玉を投げた。男が倒れる。

紐は、男の首に巻きつき、束の間締めあげると、手もとに戻ってくる。頭へ行く血が止まり、気を失うのだ。

「動くな。逃げようとする者は、同じ目に遭うぞ」

六人が立ち竦んでいる。倒れた二人は死んだわけではないので、活法で息を吹き返すはずだ。

「二人で野宿するのは、それなりの心得があるからだ。数を恃《たの》むな。貧しい者も襲うな。兵に守られた、荘園の年貢米を襲う。それぐらいでなければ、生きている意味もあるまい。精魂をこめて耕した、田畠を捨てた甲斐もあるまい。なにがおまえたちに田畠を捨てさせたのか。よく考え、それに立ちむかうのだ。その時はじめて、おまえたちは悪党になる」

正成は、倒れた男の上体を起こすと、活を入れ、蘇生させた。

「俺たちは、確かに流浪の民になった。家族も、飢えで死んだり、殺されたりしたからだ。だが、流浪しても、なにをやればいいのかわからねえ。だから、こうして、盗賊を働いてるのよ」

喋っている男は、落ち着いていた。死ぬ気になれば、こういう落ち着きは出てくる。

「なあ、教えてくれよ。俺たちゃ、なにをやればいいんだ」

「自分で考えろ。貧しい者、弱い者は襲うな、とだけ言っておこう」

「あんたの名を？」

「河内の国の住人、楠木正成」

「楠木。聞いたことはある。赤坂村にいて、街道などを差配しているという、あの楠木の一族だな」

「河内でなら、おまえたちの首は飛んでいた。播磨には、盗賊を追う者はいないのか？」

「誰も。弱い者を襲っているかぎり、文句を言われることもねえ」

「それでいいのか。それでいいのなら、腐って死んでいけ」

「俺たちは」

「理屈はいい。弱い者同士で食い合う。ただむなしいだけだ。もう、去ね。俺は、寝ることにする」

鳥丸が一歩踏み出すと、男たちは後退し、闇の中に消えていった。

男たちの姿が見えなくなると、鳥丸が山刀の柄から手を放して言った。

「なにを投げられたのです、殿？」

「飛礫《つぶて》を打つ稽古をしていた。伊賀《いが》にいたころだが。その時、こんな技を教えられたのだ」

「殿が飛礫などと」

「下賤な技と言うか、鳥丸。弓矢はよくて、飛礫は下賤か。そんなふうに決めることで、武士は自分が武士であることを守ってきた。この国は、ずっとそうだったのだ。武士が決めたことに、悪党のわれらがなぜ従わねばならぬ」

「はい」

「もうよい。俺は明日の話をまとめたら、伊賀にも行かなければならん」

正成は、焚火のそばに横たわった。

三年の旅を終えたあと、伊賀にはしばしば出かけていくようになった。大和、山城《やましろ》、つまり京と奈良を結ぶ街道に力を持つ楠木家は、その街道の安全を確保するために、南伊賀の悪党の勢力の協力を不可欠としていたのである。伊賀と楠木家の結びつきは、祖父の代からだった。

街道の重要性を、正成はよく認識していたが、それだけで足りるとも思っていなかった。水運がある。淀川《よどがわ》は京への物流を担い、大和川は奈良への物流を担う。大和川には、父の正遠《まさとお》が大きな力を築きあげたが、それでもまだ拡がりに欠けると正成は考えていた。

海である。

海は、陸の街道に勝る、大きな道なのだ。船の方が、一度に大量の荷も運べる。海から運ばれてきたものが、大和川を溯上すれば、物流は現在の数倍にもなるはずだった。

だから、赤穂の船頭に会いに行く。

内海には、一時盗賊がはびこった。その海賊が、いまは海賊衆と呼んでもいいものに変りつつある。つまり、奪い、殺すだけでは、海を生かせないということに気づきはじめたのだ。まとまり、ひとつの力になれば、別の生き方ができる。そう考える船頭が増えてきた。安全に荷を運ばせてやる。その礼金によって得られるものは、奪うよりもずっと多いのだ。

ここ一年ほどの間で、有力な船頭が誰であるか、正成は調べあげていた。

「私は、伊賀へもお供できるのでしょうか？」

「それはならん。おまえは戻ったら、すぐに観心寺へ入れ。いまから学問をするのも、無意味ではないぞ。俺の供をして、さまざまなものを見てきた。それがなんだったのか、学問は筋道をつけて教えてくれる」

「では、伊賀へは誰と行かれます？」

「ひとりでもよいさ」

伊賀の悪党とは、誼《よしみ》を通じなければならない、というような間柄ではなかった。婚姻も重ね、その結びつきの強さは、ほとんど血の結束と呼んでもいいようなものになっている。

伊賀には、別の関心があった。

金王盛俊《かなおうもりとし》という悪党がいる。その男が、気になっていた。寺田方念と似ているのである。親類縁者から、近在の者まで集めて、六波羅の軍とむかい合う。寺田方念がやって以来、悪党の蜂起では、それはめずらしいことではなくなった。

しかし、金王盛俊は、それをしない。あらゆる者たちを集めはするが、ひとつの場所に留まらせることはないのだ。農民は田畠に、水師《すいし》は水の上に、樵《きこり》は山に、皮革職人は河原に置く。そうしながら、絶妙に全体を動かし、東大寺《とうだいじ》領の荘園のかなりの部分を押領してしまっている。新しいやり方だった。新しいがゆえに、寺田方念と似ているのだ。

たとえ六波羅からの鎮撫の軍勢が来ても、見るのはありふれた村の光景だけだろう。悪党などは、どこにもいない。

寺田方念がやればよかったと正成が思ったことを、いま金王盛俊がやっている。正成より、十歳ほど年長だろうか。ただ激しすぎるところがあり、いつ寺田方念のように突っ走るかわからない、と正成は思っていた。

伊賀に行けば、金王盛俊の屋敷とも言えない家に宿を取る。飲みながら、夜っぴて話をしたりするのだ。

伊賀に行って泊るなら、服部元成《はっとりもとなり》の屋敷もあった。腹違いだが妹の彩《あや》が、嫁いだ先である。服部一族は伊賀の土豪で、楠木家との関係も深い。だから、いまさら改めて親交を深めることもないのだ。

いまの伊賀は、金王盛俊だった。

鳥丸が、焚火に薪を足している気配がある。

正成は、横たわったまま、火の方に背中をむけた。

2

父の館は、玉櫛荘《たまくしのしょう》にあった。

家人が二十人もいると、屋敷と言うより館である。構えも、どこかに戦備えというところがあった。正成の屋敷のある赤坂村からは、北へ六里ほどの位置になる。

楠木家の領地は、河内各地に散在していた。押領したところもあれば、流浪の農民に開発させたところもある。武士のように、領地に固執することはなかった。年貢米など、街道からあがる利益と較べれば、わずかなものなのだ。おまけに父は、辰砂《しんしゃ》の採掘権を持っている。鉱山は赤坂村にあり、それを管理するのも正成の仕事のひとつだった。辰砂は顔料の紅《べに》になるので、求める者は多い。

自分はまだ、楠木正遠の息子のひとりにすぎないのだ、と正成はしばしば思う。正遠がひと声かければ、河内と和泉《いずみ》で二千人の人間は集まるだろう。自分が声をかけても、せいぜい百人というところだ。

三年の旅で、胆は多少太くなった。それでも、自分が臆病なのだという自覚は、強くある。

正遠は、五十人ほどを集めて、戦の調練をしているという。長刀と弓の調練が多い。

帰館を待つ間、正成は館の中の武器倉を覗いた。およそ三千ほどの軍勢が使えるだけの、具足や武器が集めてある。正遠はそれを売ることもあるが、全体の量は決して減らさない。鍛冶を五人ほど抱え、次々に新しい刀や長刀が補給されてくるのだ。だから、古いものから売っていく。

正遠は、六波羅の軍勢が来たら、闘うつもりでいる。正成には、その覚悟が決められなかった。やはり、臆病なのだ。勝てるはずはないので、六波羅に睨まれないようにしていればいいのだ、とまず考える。

兵糧《ひょうろう》倉にもかなりの兵糧があったが、武器倉ほどではない。どちらも、六波羅の知るところとなれば、蜂起と断定されかねなかった。

「元気なものだな、父上は」

留守居は、家老格の家人である、恩地《おんち》兵衛《ひょうえ》だった。息子の左近《さこん》は、正成の側近として赤坂村にいる。

「ああやって調練をしておけば、間違っても野盗などが玉櫛荘に入りこむことはありません。商人たちも安心して商売できるので、荘内の市は賑わっておりますぞ」

「それはわかっている」

「若殿も、家人を増やされるとよいのです。それに、妻帯もされなければ」

「女は、遊女で充分だ」

「女が欲しいから、妻帯するのではございませんぞ。殿のあとを、若殿が継がれる。それと同じように、若殿のあとを継ぐお方を生む女子が必要なのです」

それは武士の考えだ、と正成は思っていた。家などにこだわると、いつか武士のようになってしまう。領地にしがみつき、そこから一歩も踏み出せず、それを守るためだけに戦にも出る。そういう武士ばかりがいる東国は、静かだが畿内のような活気はない。

実力がある者がいれば、河内の悪党の筆頭に立てばいいのだ。いまのところ父の正遠だが、次が自分である必要もない。それが、悪党と武士の違うところではないか。

「それに若殿も、もっと玉櫛荘へ顔を出されて、調練に加わることです。観心寺では、軍学を相当学ばれたようですが、実戦はまた違いますぞ」

意味がない、と出かかった言葉を、正成は呑みこんだ。

長刀や弓の調練では、武士との戦には勝てない。軍学を学ぶことで、正成は逆にそれを知った。武士と同じ場所に立ち、同じ武器を執って戦をすべきではないのだ。

「胆が小さい、と父上には言われ続けてきた。俺も、そう思う」

「私は、多聞丸様のころより見ておりますが、決してそんなことはありません。熟慮されるから、動きが遅れるだけです。戦の調練は、そういう悪い癖を直してくれますぞ」

「胆が小さいから、考えこむのだ、兵衛。だから癖などではないのだ」

「胆の太い方だ、と伜はいつも言っておりますがの」

「左近の方が、ずっと太い」

「なんの。あれは、荒々しいだけです」

兵衛は、もう六十に近いはずだった。左近は正成の二つ下で、一緒に育ったようなものだ。

「ま、湯などあがられませ。武器倉で、長刀の数を数えても、強くはなれません」

正成は頷き、武器倉を出て、縁に腰を降ろした。男は出払っているらしい。館の中は、女の姿が目立った。

母は、十年も前に死んだ。それから父の世話をしているのは、ほぼ一年おきに、早い時は数カ月で入れ替る、若い妾たちだった。

下女が、二つの椀に湯を運んできた。縁に腰を降ろした恩地兵衛の背が、ずいぶんと前屈みに曲がっていた。

「誰もが抱いている予感ですが、これから世が乱れると思います、若殿。乱世では、力がすべてです」

ほんとうにそうだろうか、と正成は思った。力がすべてなら、幕府には誰もかなわない。

「戦を嫌われてばかりでは、なりませんぞ」

「嫌っているわけではない。必要のない戦は、するべきではないと思うだけだ」

「そうですな。しかし、こちらが必要ないと思っても、相手も同じかどうかはわかりません。備えがない時に攻められたら、もう遅いというのも戦です」

「わかっている」

湯は、適度の熱さだった。椀を包んだ掌が、温かくなってくる。

館の外からかけ声が聞えてきたのは、しばらくしてからだった。

女たちが、忙しく動き回る。調練に加わった者には、飯が出るのだ。今日は、酒もいくらかあるようだ。

「おう、兄上」

正季《まさすえ》だった。まだ屋敷は持たず、ここで暮している。ほかにも、一族の者が三人ほどいて、それぞれに正成に挨拶に来る。

大声で指図していた正遠が、正成の姿を見て近づいてきた。

「お久しぶりです、父上」

「ほう、久しぶりだったかな」

「会うのは、半年ぶりです」

「そんなにか。それは、おまえが怠惰なせいかな？」

「私は私で、忙しくやっております」

「知っている」

正遠は、恩地兵衛に手伝わせて、具足を取った。

「鉱山はしっかりしているし、赤坂村の付近でなにも起きていない。おまえが働いているからだろう、と思っている。しかしな」

「しかし、なんでございますか？」

「いかにも、地味だな。楠木ここにあり、とは赤坂村の方からは聞えて来ぬな」

「できるかぎり、目立たぬよう、声もあまり出さずにおります」

「それも、やり方のひとつではあるが」

「私の性格に合ったやり方です」

正季が、上半身裸で近づいてきた。

「旅の身ごしらえですな。またどこかへ行かれますか、兄上？」

「伊賀へ」

「またですか」

「よい、正季。京と奈良を結ぶ街道が静穏に保たれているのは、正成の動きがいいからだ。あそこが乱れると、六波羅も黙ってはいまい」

正遠は、忍びを二人抱えていた。その忍びに、自分の動きを探らせたのかもしれない。それぐらいのことは、平気でやりそうだ。

「大和川の水運が、内海と繋がりそうだというではないか、正成」

「海賊も、いつまでもそのままではいられないのですよ」

「おまえは、頭は回るな。正季とは違う」

正季が、苦笑していた。この弟は、いつも率直すぎる。

「わしは、ひとつだけ失敗した」

「私を、旅に出したことですか？」

「三年、軍勢の調練をやらせるべきだったかもしれん。伊賀へ行くというが、また歩いてであろう」

「ここまでは、馬で参りました。歩いていれば、いろいろなものに出会えるのですよ」

赤坂村からここまでは、知りすぎるほどよく知った道だった。だから、歩いてみる必要はあまりない。

「出かけます。父上にも、正季にも会えましたし」

「ひとりか？」

「いけませんか？」

「楠木の家を継ぐ者なら、供回りの十騎も用意せよ」

「悪党相手に見栄を張っても、仕方がないと思ったもので」

「理が勝ちすぎる男だ、おまえは」

「自分でも、そう思うことがありますが」

「よいわ。しばらくは、戦はわしが引き受けられる」

正遠が、正成を見つめて言った。

「彩に、なにか伝えることがあれば」

「ない。嫁にやったのだぞ。早く子を産めとわしが言っていた。それだけでいい」

正成は笑い、一礼した。

「名張《なばり》か？」

「そうです」

あえて、黒田《くろだ》とは言わなかった。金王盛俊の本拠地が黒田である。正遠は、金王盛俊の動きも間違いなく摑んでいるだろう。ただそれがどういう意味があるのか、多分正遠は理解していない。

「行って参ります」

「愛想のないやつだ」

「愛想も、見栄だと私は思っていますので」

「早く行け」

正遠が、大声を出す。正季が、笑って見送っていた。

館を出ると、すぐに山道になる。水害を避けて、高地に館を構えてあるのだ。玉櫛荘は湿地が多く、稲はよく実るが、水害も多かった。

街道を行けば、奈良である。正成はそれを避け、間道を選んだ。街道には、正成が使っている忍びがいて、いつも異常を見張っている。あえて、そこを行く必要はなかった。

黒田まで、歩いて二日の行程だった。間道で出会ったのは、猟師と炭焼きだけである。これが戦になると、間道は落武者だらけになるはずだった。

金王盛俊は、家にいた。茅葺《かやぶ》きの、質素な家である。子供が四人いて、まだ全員が十歳に満たない。

「内海の水師と進めていた話はどうなった、正成?」

「なんとか、うまくまとまっています」

「おかしな男だな」

「なにがです？」

「考えることが、大きい」

「水師と話を進めることがですか？」

「そうだ。おまえの頭には、物流がある。それを左右することで、武力より強いものを握れると、おまえにははっきり見えている」

「たかが、物流です」

「その物流が、すべてを左右することがある。俺は、そう思うな。武士なら、思いつきもしないことだ」

「武士ならね」

「どういうことだ？」

「悪党なら、当たり前でしょう。蜂起して、すぐに六波羅に押し潰されたのでは、つまらん。だからいろいろ考える。それと同じことですよ」

「そこまで考えて、蜂起する悪党は」

「いますよ。俺は、ひとり知っている」

正成が笑うと、金王盛俊は怪訝な表情をむけてきた。

「あんただ、金王さん」

「俺か。確かに、六波羅に捕まるのはつまらんと思っている。ただそう思っているだけで、だから六波羅軍が来たら、大いに打ち破ってやるつもりだ」

「六波羅軍が来ると、悪党はすぐに捕まったものだ。大江《おおえ》清定《きよさだ》がそうだった。観俊《かんしゅん》や覚《かく》舜《しゅん》がそのあとを受けて頭目になった時は、いくらか頭を使った。さすがに、坊主だからな。村人の中に逃げこんで、身を隠すことをやりはじめた。その後のあんたは、ずっとそれを見ていて、自分のやり方というやつを考えたのだろう」

「ほう、俺のやり方というのは？」

「村人を、全部悪党にしてしまうことです。覚舜が村人の中に逃げこんだのと較べると、ずっと進んだやり方だ。六波羅軍が来ても、どれが悪党か区別がつかないんじゃなく、村に入ると、すべてが敵なんだ。おまけにあんたは、いろいろと手を回して、鎮撫の軍が入りにくいようにしている、と思いますよ。多分、京にも手を回している」

「この国の土地は、荘園で支配されてきた。そうではないか、正成。荘園の中では、領主がすべてだった。しかし、悪党の蜂起が続いて、それが変ったのさ。ここの本所は東大寺だが、はじめは東大寺だけで解決しようとした。それができないので、六波羅に救援を依頼した。変ったのは、そこからだ。自分の荘園内のことが、解決できなくなったのだからな。六波羅に委ねるということは、六波羅の、つまり幕府の荘園になったということではないか」

「確かに」

「相手は、つまり幕府なのだ。そう考えると、うっかり闘うわけにはいかん。それに、村人の感覚もずいぶんと変ってきた。代々、搾《しぼ》り取られる恨みがしみついていたが、それがもう限界に達している。ちょっとなにかあれば、逃げ出しかねん。俺は、耕地を捨てて流浪するより、悪党となって闘った方がましだ、と村人に教えてやった」

「それと同時に、戦を避けるために、いろいろなところに手を回している。違いますか？」

「村人が、悪党になる覚悟を決めているから、俺もそれができる。鎮圧したところで、村人がいなければ、荘園は荒廃するしかないからな」

　金王盛俊がどういう手を使ったか、正成はほぼ調べあげていた。鎮撫使は、京や鎌倉から来るわけではない。大抵は畿内に領地を持っている武士が、六波羅から一方的に命じられる。誰かは、およその見当がつくので、そこに金品を贈っておく。鎮撫使は近くまで来ることは来るが、そのまま帰り、何事もなく悪党も見つからなかった、と六波羅に報告する。

つまり、荘園の領主も腐っているが、幕府も同じようなものなのだ。東国では、まだそのかたちがしっかりしているが、畿内や中国の東の方では、すでに腐臭がたっていると言っていい。

金王盛俊の家は、村の中の一軒だった。村の端に集会所と称する建物があるが、よく見ると砦《とりで》になり得るものだということがわかる。六波羅が直轄軍を出すようなことがあれば、本気で闘う気でいるのだ。

「村人を、仲間にした。そして、山も川も森も、ここにあるもののすべてを、味方にする。そういう村が荘園内で増え続け、黒田荘の村のほとんどは、すでに団結しはじめていると思ってくれていい」

「悪党の、新しい闘い方ですか」

金王盛俊が質素な生活をしているかぎり、村人から浮きあがることもないのだろう。

しかし、黒田荘だけのことだった。似たようなところは、伊賀各地にあるが、これほど徹底してはいない。

「ところで、名張の服部のところへは、行ったのか？」

「明日にでも、行こうと思っています」

「おまえも、おかしなやつだ。義弟《おとうと》のところは、ここより何倍も広い屋敷で、居心地もよかろうに。なにを好んで、俺のところにばかり来る」

「河内の悪党の端くれですよ、俺も」

「まあ、おまえが連合を考えていることは、俺にもわかっているが、難しいな」

「俺も、連合した先のことは、なにも見えません」

「街道からあがる利。これを失いたくないことでは、一致している。伊賀と河内が、ある程度手を結んでいられるのは、その利があるからだ。しかし、どこにもそういう利があるというわけではない。同じ荘園の中でさえ、村ごとの利害が食い違うことがあるのだ」

「しかし、荘園だけでなんとかと考えていると、悪党の先も見えていますよ」

　金王盛俊と喋るのは、村々の巡回の時が多い。盛俊も、やはり馬に乗らず、自分の足で歩く。時には、ほかの荘園にも足をのばしているようだ。

　伊賀は、山深い土地だった。河内も山に挟まれているが、深さでは較べものにならない。

　山中にも、さまざまな人がいた。農民ではない。猟師であったり、樵であったり、なにが生業《たつき》かわからぬ者まで、方々に散らばっているのだ。盛俊は、そういう人々も味方につけようと、しばしば山中も歩くようだった。山の民が味方になれば、鎮撫軍が来ても攪乱できる。いざという時は、山中に逃げこむこともできた。

「ただの利害で、すべての悪党が連合することはできんな、正成」

「俺も、そうは思っていますよ。なにしろ、幕府というものが相手になる」

「東国の軍勢は、戦の調練に明け暮れていると言う。それが来れば、手強い。手強いどころか、歯も立たぬであろうよ」

荘内の村を歩き回った。集会所の建物、つまり砦を備えた村が多くなっている。来るたびに、そうなっていた。ほかの荘園にも、それは拡がっている。

「幕府もおかしい、と俺は思いますね。人の不満は、富める者と貧しい者の差から出てくる、と俺は思うのですが、その不満が関東でもふくれあがっているという気はします。表面には出ていませんが」

「武士とて、北条一門だけではないからな。北条一門なら、無能でも栄達ができるというのは、一門以外の武士にとっては不条理であろうしな」

「しかし、武士は悪党にはなりきれないのですよ。父祖代々の血がしみこんだ、領地というものがありますから」

「これから、情勢はもっと変る」

「なにか、見えていますか?」

「ぼんやりとな。ほんとうに、ぼんやりとだ。もしかすると、おまえと同じものを見ているのではないか、という気もする」

「俺のぼんやりは、まだ言葉にもできないのですよ」

「同じさ」

村で盛俊が呼び止められると、正成はよくひとりで歩き回った。黒田や名張は庭同然だが、ほかの荘に入っても、結構顔は利く。

散所のひとつになっている山中の村は、いまでは猟師と樵だけが住んでいた。

正成が、鉄の玉に紐をつけたものを投げる技を教えられたのは、その村でだった。

その村には、名さえない。名を持つことを、拒んでいるとさえ思えた。それでも、長《おさ》がいて、長老がいる。

猟師や樵をやっているだけではない、と知ったのは、盛俊が使っている忍びに、村の若者がいることに気づいた時だった。

山中の急峻な斜面にあるその村は、正成が伊賀で必ず訪ねるところのひとつだった。小《こ》径《みち》が入り組んでいるが、いまでは案内なしでも踏み迷うことはない。

その村には、訪ねるたびに銭を届けていた。挨拶代り程度の、わずかな銭だ。その村からは、二人の女とひとりの男が、河内に来た。猿楽の一座に加わるためで、正成はその面倒をみてやった。

銭ではなく、そういう世話をしてやったことで、村の者たちの正成に対する態度は変ったようだった。

正成が村に入るよりだいぶ前から、近づいてくるのは知られているようだった。いつものことだ。村人の数は、およそ四百というところか。特に貧しい村、というわけではなかった。ただ、驚くほど質素である。

村に入ると、長が迎えに出てきた。それははじめてのことで、すぐに長老のところへ案内された。

「猿楽の一座に入った者が、ひとり戻ってきた。なに、大和からちょっと足をのばしただけで、すぐにまた一座に帰ったが」

長老は白い髭を蓄えた、鶴のように痩せた男だった。年齢は見当がつかないが、喋ることはしっかりしている。

「三人とも、ずいぶんと楠木殿の世話になったようだな。ちゃんとした役者になるまで、きちんと面倒をみてくれた。礼を申しあげよう」

「三人が、村に銭を届けてきたのですよ。必要はないのに、猿楽の一座で少しずつ稼げるようになったからと。長老は、ことのほかそれを喜ばれました」

長が言った。三十歳ぐらいの、正成よりも小柄な男で、英心《えいしん》という名だった。村の者の誰ひとりとして、姓は持っていない。

「あの三人には、役者の素質があったのでしょう。俺は、人の中での生活に馴れさせてやるだけでよかった」

　酒が出てきた。

「別に、役者になりたい者だけでなくともよいのです。山を降りて働きたいという者がいたら、手助けできることは多いと思います」

「それだがな、楠木殿」

　長老が、正成の前の椀に酒を注いだ。

「連れてこい、英心」

「すでに、外におります」

「では、中に入れて、楠木殿に見ていただけ。山刀は持たせるな」

「それはもう」

　英心が、外に声をかけた。

　入ってきたのは、二人の若者だった。身のこなしが猫のようにやわらかく、ふと人ではないものを正成は連想した。

「加布《かふ》と尾布《おふ》という。この二人を、河内に伴っていただけませんかな」

「ほう。精悍な眼をしていますが、役者になりたがっているのですか？」

「いや」

長老が、手を打った。二人の躰が、正成の前から消えた。壁に横に立っている。そう見えた。次の瞬間、壁から跳ね、宙で回転すると、同じ位置に戻った。

「軽業《かるわざ》などで、役者にはなれそうですが」

「それが、違うことで働きたがっている。村の中で、最も身の軽い者たちです。思慮も浅くはないので、楠木殿の御迷惑にはならぬと思う」

忍びとして雇え。長老はそう言っているのだ。

「報酬は、いかほど？」

「双子の兄弟でしてな。二人合わせて、銭一千貫で売ろう」

「売る？」

「あとは、殺すなり、また売り飛ばすなり、好きにすればいいのです」

「そうですか」

正成は、もう一度二人に眼をやった。

「働けるか？」

「はい」

声は同時で、寸分の乱れもなかった。

「軽業で働くのではない。馬借をやったり、水師をやったり、人夫をやったりする。そうやって、人々の中に紛れこまなければ、忍びの仕事はできんぞ」

「まずは、学ばなければならぬと思いますが」

加布の方が言った。そちらが兄らしい。

「わかった。買ったりするのではなく、わが領民として迎えよう。読み書きも、学べ。そして、俺に飽き足りなくなったら、別の主人を捜しても、いっこうに構わぬ」

二人は、ただうなだれていた。

「銭は、近日中に届けます」

「おう、気に入ってくれたか」

「買うのではありませんよ。一千貫は、礼金だと思っていただきたい」

「楠木正成は、人を銭では買わぬか」

長老が言い、しっかりした歯の残った口を開いて笑った。

気づくと、二人の姿はもうなかった。

3

春になると、瀬戸内海の海運が動きはじめ、大和川の物流は飛躍的に増えた。京への物流では淀川があるが、それは大規模で六波羅の管轄下に置かれ、悪党にできるのは、不意の襲撃ぐらいのものだった。

大和川の物流は、淀川と較べるとわずかなものだが、関銭などなく自由に往来できるので、こちらを使いたがる商人は増えていた。ただ、奈良から京までは、陸上を運ばなければならない。

正成が、瀬戸内海から河内に戻ったころ、桜はもう散り、緑の葉に包まれていた。

「馬借の数が二倍に増えておりますが、それを襲う輩などは現われていません」

留守を預っていた恩地左近が、すぐに報告に来た。左近は、辰砂の鉱山にいたようだ。街道からあがる利と同じほどのものが、辰砂からあがっている。これからは、物流が大きくなった分だけ、街道からの利が増えるだろう。

「六波羅の間者は、相変らずうろついておりますが、相手にしておりません。六波羅も、どうしようもありますまい。悪党が、新たに荘園を押領したなどということが、この河内では起きておりませんから。いまの状態を、そのまま認めるのが、河内においては得策と考えているのでしょう」

「父上が、どこかで暴れたりされなければよいのだが」

「大殿も、物流が大きくなったことについては、認めておられるそうです。いま荘園を押領したところで、それほどの利があがらぬことぐらい、よく御存知です」

左近は恩地兵衛の二男で、父親に似ない偉丈夫だった。顔半分に髭を蓄えている。それが、左近の表情を巧妙に隠す。正成より、二つ下だった。

年が明けてから、正成はずっと瀬戸内海賊衆の間を回っていた。赤穂の海賊衆が動きはじめたので、説得して回るにはいい機会だったのだ。海賊衆も悪党だが、ことさら六波羅に対抗すべしと説いたのではない。海運の利に眼をむけさせただけだ。

四国の海賊衆の一部が、まずそれに乗ってきた。九州西岸にも、動きそうな海賊衆がいる。大部分は模様眺めだが、正成とは一応誼《よしみ》を通じた恰好になっていた。

「船の旅が、よく耐えられましたな、殿」

左近は、正成が船酔いすることを知っている。揺れている間、倒れて身動きもままならなくなるのだ。

伊賀から連れてきた、加布と尾布に供をさせたが、この二人も船はまるで駄目だった。

蒼白な顔で、脂汗を流しながらじっと耐えていた。自分以外に船酔いしている者がいると、正成はなぜかいつもより楽な気分になった。二人に、励ます言葉などもかけていたのだ。

「俺は、船に馴れてきたようだ、左近。あんなものは馴れだと水師たちは言っていたが、ほんとうだな」

「それがまことなら、殿も船をお持ちになるとよい」

　左近は、まったく信用していないようだった。

「ところで、伊賀黒田荘の金王盛俊殿から、兵糧の依頼が参りました。一応、送れるように用意はしてございます」

「ふむ、また六波羅かな」

「恐らく。東大寺の訴えを、六波羅も無視できないのでしょう。相当に執拗な訴えをしているようですし」

「同じことをくり返して、意味もないのにな」

「六波羅が、体面ということを考えると、直轄軍を動かしかねません」

「としても、伊賀の民を根絶しにしないかぎり、悪党の征伐は無理だ」

　京では、伊賀の実態をよく摑んでいないのだろう。悪党がいるのは、伊賀ばかりではない。東国を除けば、武士が支配している地域に、悪党は大抵いる。

　いま正成が眼を注いでいる悪党は、黒田の金王盛俊と、播磨佐用《さよ》郡の赤松円心である。赤松円心は、寺田方念が扶植した力を、そのまま受け継いでいる、と正成は睨んでいた。しかし、佐用郡に悪党はいない、ということになっている。それほど巧みに、赤松円心は武士の中に紛れこみ、佐用郡以外のところで悪党として動いているに違いなかった。

　赤松円心のやり方は、寺田方念の蜂起と、その失敗を目の当たりにしたところから生まれている。表面はあくまでも守護の支配下で、ひそかに悪党として動くことで、力を蓄えているのだ。それは、播磨が六波羅の直轄領に組み入れられたことにも、原因があるのかもしれない。播磨での悪党の跋扈《ばっこ》を、六波羅は許そうとしないだろう。

「黒田へは、どこの兵糧を用意した？」

「はい、田口荘《たぐちのしょう》あたりからの道をひとつ」

　正成は、父正遠のように、倉に兵糧を蓄えたりはしなかった。物流をちょっと動かして、目的の場所へむける。それでいいのだ。銭を払えば、兵糧でも武器でも動く。

「左近、俺は京へ行ってくるぞ」

「すぐにですか？」

「十日のうちにでも」

「しばらくは、屋敷におられたらいかがですか、殿。鉱山も見ておいた方がいいと思いますし、玉櫛の大殿からは、兵の調練をせよと何度もお達しが届いておりますぞ」

「兵の調練は小太郎《こたろう》に任せればいいし、商人たちの揉め事は長晴《ながはる》と四郎《しろう》。そして鉱山は、おまえがいる」

「いつも、なんでも、殿は人に押しつけなさる」

「みんなが手分けしてやる。それでうまくいくのだ。つべこべ言うな」

「忠村《ただむら》殿の愚痴を聞かされます。殿がいない間は、誰彼なくつかまえて、ただただ嘆き続けるのですぞ」

「そんなことまで、俺は知らん」

「いつも、それだ」

左近が、諦めたように苦笑した。

「京への供は、やはり加布と尾布ですか？」

「あの二人に、都を見せてやろうと思う」

「鳥丸では、駄目なのですか？」

左近は、鳥丸の腕を買っていた。小太郎といい勝負だと見ているようだ。正成には、どちらが上か判断がつかない。

「鳥丸には、観心寺で学問をしろと命じてある。あと半年はかかるだろう」

それで元服させ、寺田姓を名乗らせる。家人が六人に増えることになる。加布と尾布の兄弟を加えれば、八人だ。

楠木家は、当主が正遠だった。自分は独立しかけた息子のひとりにすぎない、と正成は思っている。いずれ楠木家を正成が率いると、みんな決めてしまっているような感じがあるが、時の流れによってそれはどうにでも変るものだった。

正遠は五十八歳だが、まだ息子たちに負けるとは思っていないようだ。軍勢というものを抱える正遠のやり方に、正成はいくらか危惧を憶えているが、それに代る方法を思いついているわけではなかった。軍勢が六波羅の眼にとまると、面倒なことになる。百ほどが集まっていてもどうということはないが、五百、六百となると、六波羅の神経にも障るだろう。

正遠はいま、二千ほどの軍勢を動員できるはずだ。しかし、調練はせいぜい百単位でしか行っていない。二千を動員しなければならないようなことが、河内で起きなければ、六波羅も気づかぬままだろう。もし二千を集めなければならなくなった時は、赤松円心の方法がある。つまり、守護の下にかたちだけ組み入れられる。しかしそれは、好ましいことではなかった。いずれ、六波羅は潰しにかかってくるはずだ。大和川や、街道の物流の守備について、大きな問題を起こさないことが第一だ、と正成は思っていた。東国があるかぎり、武士の力は強い。

赤坂村に戻ると、やらなければならないこと、会わなければならない人間などは、数多かった。ほとんどが、人と人との小さな争いであり、正成は両者の言い分を聞いて、どうするかを決める。単純なようでいて、これは難しかった。利が絡んだ話ばかりだが、できるだけ負けた方の不満を小さなものにしておかなければならない。小さな不満が積み重なって、大きな不満になっていくのだ。

赤坂村のはずれでは、かなり大きな市も立っていた。大和川の物流が大きくなったので、市も規模が数倍になったのだ。そこでの揉め事は、いまのところ志貴《しき》長晴と桐山《きりやま》四郎がなんとか収めている。二人で合議させているので、報告を受けたかぎり、独断が過ぎることはないようだった。

赤坂村での仕事を十数日で終らせると、正成は加布と尾布を伴って、京へむかった。

京へ行く道筋はいくつかあるが、船を使い、淀川を溯上する方法を、正成は選んだ。加布も尾布も船と聞いて憂鬱そうだったが、瀬戸内海ほど揺れはしなかった。

淀川の物流は、京への物流の最大のものだった。それを見れば、京で誰が力を持っているかよくわかる。六波羅の直轄で、一見すべての力は六波羅に集中しているように思えた。

しかし、輸送船を動かす船頭や、荷主である商人は、関銭を払うことによって、自分たちが思うように、船や荷を動かしていた。

輸送船と商人をまとめ、そこにある程度の力を持てば、京への物流は支配できる。きちんと関銭を納めているかぎり、六波羅と対立することもないだろう。

物流を支配するのは、京の命運を握ることにならないか。

しかし、京の命運を握って、それからどうすればいいのか。六波羅が、それを黙視したままでいるのか。六波羅の支配下に入ることで、つまり武士の支配下に入ることで、はじめてそれはできるのではないのか。

悪党は、武士ではない。武士であろうとしてもならないし、武士の支配下に入ってもならない。悪党がこの国に生まれた意味を、こういう時こそよく考えるべきだった。

「加布、悪党はいま、なにをなすべきだと思う？」

山崎《やまざき》まで、平穏な船の旅が続きそうだった。加布も尾布も、甲板で風に当たっているかぎり、酔うことはないようだ。

「力を、蓄えなければならないのでしょう」

「なぜ、力を蓄えるのだ、尾布？」

「力を持たなければ、武士や荘園領主に搾り尽されます」

「自らのためか？」

「民のためでもあります」
加布が言った。この双子の兄弟は、顔も声もそっくりだが、なぜか兄の加布の方が左利きだった。二人がぴたりと身を寄せて刀を執ると、ひとりの人間の両手が利き腕のような感じになる。その技を、正成は山中で見せられていた。

「民のためか。しかし、武士が本気で悪党を潰そうとしてきたら、支えきれぬな」

「そのために、力を蓄えるのではないでしょうか」

「少々力を蓄えたところで、武士には勝てぬと俺は言っているのよ」

「勝てませんか？」

「勝てんぞ、加布。東国の武士は甘くない。東国には、悪党もおらん。猿楽の一座の者から、おまえたちもそれは聞いているだろう」

「ならば、悪党は悪党として生きられない、ということになりませんか、殿？」

「いまのままではな。各地で蜂起が起きたとしても、ひとつずつ叩き潰されていくだけだろう」

「しかし伊賀では、悪党が東大寺はおろか、六波羅の軍勢まで押し返しています」

「俺も、それはよく見てきた。しかし、伊賀からあの動きが拡がることが可能だろうか、加布？」

二人とも、正成の問いかけには真剣に答えようとする。伊賀のやり方がどこでも通用するものではないということは、瀬戸内海の旅で二人にはわかっているはずだ。

「連合はできませんか？」

尾布が言った。どちらかというと、弟の方が言葉は少ない。よく考えてからなにか言う、というところがあった。

「難しい。とてつもなく、難しい。利を得るために、人は立ち、悪党となった。その利が、それぞれに違う。だから、利を考えた連合は難しい。たとえ一部で連合できたとしても、崩れやすいものだ」

二人に語ることで、自分の考えをまとめている、というところが正成にはあった。

悪党が、これからどうしていけばいいのか。どうすれば、六波羅と、その背後にある幕府と、闘っていけるのか。三年間の旅で、正成が最も強く抱いた思いは、それだった。寺田方念の闘いを見た。いま、金王盛俊の闘いを見ている。

盛俊が、たやすく六波羅に潰されることはないだろう。それだけ、したたかな闘い方を身につけてはいる。しかし伊賀が、これから先どこと連合できるのか。河内とは連合しているが、これは街道の利が一致しているからだ。たとえば盛俊が、播磨の赤松円心と連合できるのか。楠木家が間に入ったとしても、強固な連合は難しい。

山崎で、船を降りた。ここが京ののど首で、これから先は京の郊外と呼んでもいい。船から降りた加布と尾布は、さすがにほっとしたようで、表情も和《なご》やかになっていた。年に一度か二度、正成は京へ入っていた。行くたびに、新しい発見があるというわけではない。京の支配者は六波羅であり、つまり鎌倉の幕府という状態は、ずっと変っていない。ただ、昨年から帝《みかど》の親政ということになっていた。これまでは上皇の院政が多く、帝は幼くて飾りものという感じだったのだ。

新帝の後醍醐《ごだいご》は、すでに三十を超えていた。

院政ではなく、帝の親政になったからといって、六波羅が支配者であるという京の情勢が変るとは思えなかった。ただ、いままでにない、おかしな緊張感が漂っていた。それが、京を何年にもわたって見続けていた正成には、はっきりと感じられる。

「このあたりは、人家も少ないが、もう京と言ってもいい」

通りがきれいに整備された、壮大な都だけが京だと、正成は考えていなかった。それはかたちだけの京で、実態は山崎から北が京である。たとえば物流は、山崎の北で一度まとめられ、淀川を行くもの、鴨川《かもがわ》を行くもの、桂川《かつらがわ》を行くものと、三つに分けられる。それだけでも、山崎は京の端なのだった。

川沿いに進むと、街道の往来は多くなる。物資だけでなく、旅人の姿も途切れることがなかった。

「これは、河内よりずっと人が多いのだな。やはり都だ」

加布が、呟いていた。尾布は、胸を張り、気負った歩き方をしている。

桂川と鴨川が分岐するあたりに来ると、人はさらに多くなった。市が立っているのも、いくつか見かけた。食料はもとより、陶器から布、雑貨の類いまで売られている。

「ここが、京の市なのですか、殿？」

「これは、郊外の市だ、加布。市中の市はまた別にある。ただ、市中では品物に税をかけられたりする。それを避けて、ここで物を売る者が増えたというわけだ」

「そんなことを、やるのが許されているのですか？」

「許されてはおらんが、自然に人が集まるようだ。時々、取締が行われるが、その時は人は散る。まあ、六波羅も、かたちだけの取締をしている」

「税があがるのにですか？」

じっと聞いていた尾布が、口を挟んだ。

「いいところを見ているな、尾布。税は、六波羅に入るものは少ない。朝廷に入るものが多いのだ。だから六波羅は、本気で取締ろうとはせん」

「朝廷ですか。京に、主が二人いるようなものですね」

二人の主。尾布が言っていることは正しいのかもしれない、と正成は思った。ただ、一方の主は高い権威を持っているが、郊外の市を取締る力さえ持っていない。

京市中へ入った。

加布も尾布も、圧倒されたように口を噤《つぐ》んでいた。

正成が訪ねたのは、鴨川の河原で興行をしている、猿楽一座の小屋だった。霧生《きりゅう》が座主である。二年前まで、正成は一座にいくらかの援助を与えていたが、いまでは興行だけで生計が立つようになっている。

「京に戻って、ふた月ほどになります」

霧生は、すでに四十を超えているが、一座の者はみんな若かった。霧生の笛を、正成は好きだった。

「どっちへ旅していた?」

「東から、参りました。関東では、まだ田楽がもてはやされておりますが、猿楽の興行にも、そこそこ人は集まります」

「民は、どこでも芸能に救いを見つけるものだな」

「はい。旅をしていて、しみじみとそう思います」

それから霧生は、関東から東海にかけての様子を喋りはじめた。武士の動向もあるが、主として民の様子である。

四つの猿楽の一座に、正成はいまも援助を与えていた。霧生の一座は、もう心配はない。関東まで行って興行できる一座は、それほどないのだ。

「霧生、加布と尾布という、双子の兄弟だ。伊賀の山中から降りてきて、俺の家人になった。京にいる間、この一座に加えてくれ。軽業など、見事なものだ」

二人には、とにかく京に馴れろと命じてあった。馴れてから、京の地理に通暁せよとも言ってある。必要があれば、六波羅であろうが朝廷であろうが、探れる力を正成は二人に求めていた。

「どれほど京に留まられます、正成様？」

「ひと月というところかな」

「後醍醐帝の親政になってから、京には妙な雰囲気があります。すべてを自らやろうという帝のようで、やがては六波羅との対立もあるだろう、と私は思っております」

「ほう、幕府と帝の対立か」

「関東でも、おかしなことがございました。必ずしも北条氏の支配を快く思っていない御家人のもとを、勅命を持った山伏が訪ね歩いているというのです。ただの噂ですが、従うべきは北条氏ではなく、朝廷であろうと説いて歩いたようで」

「関東で、そんなことができるのか?」

「当然、幕府の役人に追われたようですが、うまく逃げおおせたという話です」

「勅命を奉じているのか」

「いまの帝は、多分、大人しくはしておられますまい。かつて、後白河法皇《ごしらかわほうおう》が平氏を潰そうとされたようなことを、なされぬともかぎりません」

「民は、なんとなくそんなことを感じているのかな」

「少なくとも、武士より鈍感ではありませんな。まあ、御自身の眼で御覧になることです。異変は、民が最も早く嗅ぎつける、と私は思っております。民が求める音曲や舞いや唄で、私はそれを感じます」

正成は、加布と尾布に命じて小屋を造らせ、そこで暮すことにした。一座の者たちが材木などを集めてくれたので、小屋は一日でできあがった。

市中に宿を取るよりも、河原の小屋で暮す方が、京のほんとうの姿が見えてくる。以前から、正成はそう思っていた。

加布と尾布の二人は、興行では軽業を見せ、それ以外の時は市中を歩き回っていた。五日で、市中の地理はほぼ摑みきったようだ。

京には、やはりおかしな雰囲気がある。叡山《えいざん》に一度行っただけで、正成も京の市中を歩き回ったが、以前とはなにか違っていた。そのなにかが、まだはっきりとは見えてこない。叡山に行ったのは、なにかがわかるかもしれないと思ったからだ。京の騒動には、叡山が関ることが多い。しかし叡山に、見るべきものはなにもなかった。

「楠木殿ではありませんか」

鴨川の市中からはずれた下流で、四人の男に声をかけられた。そこは、解体した獣の皮を剝ぎ、鞣皮《なめしがわ》を作っているところで、その男たちには見覚えがあった。鳥丸を連れて播磨を旅していた時、野盗の真似をして襲ってきた者たちだ。あの時は、確か七、八人いた。

「ほう、野盗からは足を洗ったのだな」

「憶えていていただけましたか。あれから、山へ入り猟師になろうとしたのですが、とてもそんな腕はなく、猟師の村に世話になることになったのです。いつか、獣の皮をここまで運ぶ仕事をするようになって」

「そうか。七、八人いたと思ったが」

「死んで、いまは四人です」

耕地を捨てて、流浪した者たちだろうが、生きる道は見つけたようだった。

「鞣皮は、売れるのか？」

「いまは、宮中に入れるものが多くなっています。もっとも、どんなふうにして入れているのか、俺らにはよくわかりませんが。宮中に入れるものは、ほかで売るより安く、村でも困っています」

「鞣皮なら、使い道はいくらでもある。河内の赤坂村にも持ってこい。いくらかは、高く買ってやってもよい」

「それはありがたい。宮中に入れるより高く売れれば、俺らの顔も立ちます」

「赤坂村の、楠木正成だ。よく憶えておけ。まともに鞣皮を売ろうとするかぎり、損はさせん。ただ、おまえたちの懐を潤してやろうという気もない。俺と村との取引になるぞ。それでいいならばだ」

「ありがたい。これで、俺らも村人になれる。流浪してはじめてわかりましたが、家があり村があるというのは、人にとって大切なことです。ひと時、懐を潤すより、帰る家や村があることが大事だと、いまははっきりわかっています」

耕地を捨て、流浪の果てに死んだ者は、数えきれないほどだろう。年貢が厳しい。農民が耕地を捨てる理由は、ただそれだけだった。不作であろうが、年貢だけは厳しく取り立てる。それで飢饉が起こり、耕地を捨てる者が多く出るのだ。

「ほんとうに、鞣皮を運んでよいのですね？」

「最初の取引の、前金を渡しておこう。運びこむ時に、村の者も連れてこい。その時に、年にどれほど買うか、話し合う」

正成は、懐から砂金の包みをひとつ出してひとりに渡した。

「村は伊勢の山中で、夏にでも運ぶことができます」

「秋の終りにしてくれ。そのころ、俺は河内に帰っている。俺がいない時は、菅生《すごう》忠村という者がいるが、細かい話まではできん」

「村の長を、連れていきます」

河原では、鞣皮を作る者たちが、四、五十人石を遣っていた。

小屋へ戻った。

そろそろ、京を発《た》とうと正成は考えていた。すでに初夏である。大和の山中を歩き回り、秋の終りに赤坂村へ帰る。それは、はじめから決めていたことだった。伊賀の悪党とは誼《よしみ》を結んでいるが、大和とはあまり関りがない。人の繋がりは、いつか力になることもある、と正成は考えていた。

「京はどうだった。二人とも、思ったことを言ってみろ」

京を発つことを告げ、加布と尾布に訊いた。

「六波羅の武士が、大きな顔をしています。検非違使《けびいし》をやっている武士と、大きな差があります。商人は、他国から来た者の方が元気がよく、市中の民はなぜかいつも怯《おび》えているように見えます」

例によって、先に口を開いたのは、加布の方だった。

「鎌倉に幕府があり、政事《まつりごと》はそこで決められているというのも、おかしいと思いました。幕府と朝廷が並んでいれば、民にはわかりやすいと思います」

「そうか。幕府と朝廷が並んでいればいいか」

「しかし、それは京ではなく、鎌倉の方がいいと思います。歩けば歩くほど、京という場所が戦にはむいていないことがわかります。淀川の物流が止まれば、京はすぐに飢えます。とても戦どころではありません」

「尾布は？」

「京には、魔ものが棲んでいます」

「ほう」

「誰もが、京を奪《と》りたくなります。しかし、ほんとうには奪れません。これは、魔ものということではないでしょうか」

「二人とも、よく京を見た。今後、京を探る時の役に立つだろう」

戦という点から見れば、京は確かに魔ものだった。二、三万の兵力があれば、京は奪れる。それは、河内、和泉、摂津《せっつ》、播磨、伊賀の、悪党だけでも奪れるということだ。悪党が京を制する。確かに、京は魔ものだ。しかし、制した京を守り抜くことは難しい。それも、正成は以前から感じていたことだった。

4

正成は、足もとだけを見て歩き続けた。

それが、ものを考える時の癖だった。ほんとうにものを考えはじめたのは、十九で旅に出てからだった。それまでは、学問に身を入れた。軍学まで、学んだのだ。三年の旅は、その学問が役に立つかどうか、試すためにやったようなところがある。胆力をつけさせるため、と父の正遠は言っていたが、あの旅でさらに臆病になったようなところもあった。学問が、軍学でさえ実際にはあまり役に立たない、と身にしみてわかったからだ。

自分が拠って立つものは、まず学問だと思った。それが打ち砕かれたら、臆病にならざるを得なかった。赤坂村の屋敷に戻ってからは、その臆病さを克服することに、心を傾けたと言ってもいい。しばしば、旅に出た。人の生きる姿を、見つめようとしてきた。

そういう数年を経て、ようやく学問が必ずしも無駄ではなかったとわかりはじめた。要するに、どう生かすかなのだ。人の営みの中で、学問は最初とはまるで姿を変えて、生きる。人の営みがわかってくると、社会というものが見えてきた。それは赤坂村であり、河内であり、畿内であり、日本だった。さまざまな社会のありようの複雑さを理解するためには、学問は確かに役立った。

しかし、社会のありようがわかり、商《あきな》いなどを身につけても、自分がどう生きればいいか、わからなかった。

楠木正成は、悪党である。幕府の御家人ではない。父や祖父は、幕府の御家人である武士や、荘官と闘うことによって、いまの楠木家を築きあげた。つまり、悪党として力をつけたのだ。自分の躰に流れているのは、紛れもなく悪党の血である。

悪党が、悪党としてこのまま生き延びられるのか。いま、正成が考えるのはそれだった。確かに、いま河内では御家人との、つまり六波羅やその背後の幕府との、争いはない。それは、父の正遠と正成が話し合い、荘園の押領などをやめたからで、いまのところ河内に悪党はいないと六波羅は見ているだろう。

街道の差配の権利や、辰砂の鉱山を六波羅に召しあげられたら、楠木家は一族をあげて悪党として闘うしかない。いまは、悪党ではないという素ぶりをしている、ということにすぎないのだ。

悪党として、どう生きるか。それを考えると、正成はやはり臆病になる。寺田方念の、金王盛俊の胆力には、遠く及ばないと思わざるを得ない。悪党の生き方を考える時、国のありように重ね合わせて考えてしまう。そのあたりに、学問が出てきてしまうのだ。しかし、国のありようを摑まないかぎり、悪党の生きる道も見えるわけはない。

その国のありようが、正成には見えそうで見えないのだった。武士による、領国支配。その頂点の幕府。そういうかたちは、西国を見るかぎり崩れかけていて、しっかりしているのは東国だけである。その東国にも、北条氏の支配に反撥している武士は、表面に出なくてもいるはずだ。

つまり、いまの国のありようは、崩れかけている。そしてその先にあるものが、正成にはまだ見えない。

大和も、南へ行くと山が深い。実は伊賀よりも河内に近いのだが、山に遮《さえぎ》られて、それほどの交流はない。その関係をもっと深くするにはどうすればいいか、ということも正成は考えなければならないと思っていた。

新しいものに、自分から切りこんでいく。その胆力はできた。瀬戸内の海賊衆との付き合いがそうであるし、各地の悪党との交流もそうである。命の危険についても、身を守るすべは知っているし、はじめのころのように膝がふるえるということもない。

それでも、生き方についての胆力はない。戦好きの弟の正季の方が、遥かに肚《はら》は決まっているという気がする。

額の先から、汗が滴ってきた。夏の盛りである。蟬の声も、逆に静けさを誘うほど、途切れることがなかった。

「休もうか」

前後を歩いている加布と尾布に、正成は言った。加布が、竹筒の水を差し出してくる。

「なにか、考えごとをしておいでですか？」

加布が言う。朝、出発してから、自分はひと言も喋らなかったのだろう、と正成は思った。考えごとをすると、そうなる。はじめは、加布も尾布も、正成の機嫌が悪いのだろうと怯えたようだ。いまは、正成の癖を呑みこんでいる。

「今夜も、野宿でございますか、殿？」

「だとしたら？」

「尾布に、兎かなにかを獲《と》りにやらせます。まだ米は少々残っておりますので、兎か山鳥があれば充分だろうと思います」

「わかった。なにか獲ってこい」

尾布が、姿を消した。

二人とも、猟師の村で育ったのだ。山を歩いていると、正成に見えないものが見える。

たとえば、獣の糞や足跡、通る道、鳥の巣。それは驚くほどで、言われ指さされても、正成には見えないことが多い。

「河内や伊賀は、隅々まで知っているつもりだが、大和は知らんな、俺は。特に、大和の南だ。あんな村があることも、知らなかった」

「自ら、閉ざしているというところはある、と私は思います。私が育った村も、そうでございましたから」

五日前、山に迷いこんだ。加布と尾布がいなければ、あの迷路から抜け出すことはできなかっただろう。猟師にはわかるなにかがあったらしく、二人はほとんど道とは思えないところを、正成を導いて歩いた。そして、小さな村に出たのだ。

三百人ほどの、なにを生業《なりわい》にしているか、よくわからない村だった。他人が迷わずに入ってきたことに、村人は驚いていたが、それ以上の敵対心は見せなかった。

その村には、二日滞在した。樵たちの村で、炭も焼いていることは、すぐにわかった。滞在するために村の長に要求されたのは、わずかな銭だけだった。そういう村が、八つばかり散在していて、もともとは同族なのだということも、村の長との話でわかってきた。大きな村には、二千人ほどの人間がいるが、どこの支配にも組み入れられてはいないという。大和を領国として治める者も、存在すら知らない村かもしれなかった。

「あんな村が、八つか」

「一族五千と、長は申しておりました。そういう一族が、またいくつかあるのかもしれません。大和の南から紀伊《きい》にかけての山中には、そういうことがあってもおかしくはないだろうと思います」

蟬の声が、遠くなった。山は、不思議なものを抱えている、と正成は思った。

腰を降ろしているのは、土から露出した大木の根で、蟻が行軍するように長い列を作っていた。それは大木の幹に這い登り、裏側の方へ回っている。

蜜でも見つけたのか、と正成は思った。

不意に、加布が腰をあげた。しばらくして、正成にも近づいてくる人の気配が伝わってきた。かなりの人数である。

尾布が、音もなく斜面を降りてきた。兎を一羽、腰にぶらさげている。

「なぜ、戻ってきた？」

加布が言った。兎を獲っていた尾布を追って、人が近づいてきているということも考えられる。

「はじめは、北へ走って引きつけようとしたのですよ。しかし誘いに乗るのは三人ほどで、あとはここへむかって網を絞るように動いています」

「そういうことか。人数は？」

「およそ三十。みんな山に馴れています、兄上」

「殺気もあるな、厳しいものではないが」

正成は、近づいてくる人の気配しか感じなかった。それも、七、八人という程度にしか思えない。蟬は、鳴き続けていた。

前方の道に、三人が姿を現わした。

「立入ってはならぬところに、立入ったつもりはない。われわれは、旅の者だ。この包囲の構えは、野盗とも思えぬが」

加布が言った。若い男がひとり、近づいてきた。きちんとした直垂《ひたたれ》で、侍烏帽子である。太刀も、一見していいものを佩いていた。後方の二人は、山の民という身なりである。

「包囲の構えがわかるのか。やはりただ者ではないな」

周囲の木立の中に、人の姿が現われてきた。三十ほどだろうか。

「六波羅にも、山中を動ける密偵がいたのか」

「なに、六波羅だと？」

「なにを探っているのかは、喋って貰わなければならん」

「旅の者だ。大和山中にいささか関心を持ち、村などを見て歩いている。それが、咎められなければならぬことか？」

「とにかく、太刀を捨てよ。話は、それからだ」

「できぬな。山中で刀を捨てるのは、命を捨てるようなものではないか」

「それなら、こちらにもやり方がある」

「待たれよ」

正成は、楯になるように立った加布を押しのけた。

「河内の住人で、楠木正成という者だ」

「なに、楠木だと」

「この者が申したことは、偽りではない。河内の悪党として、伊賀の悪党とは交わりが深い。しかし、大和にはあまり知り人がいない。それで、旅をしようという気になった。もうふた月近く、山を歩いている」

「河内の、楠木か。その名は、知っている。私は、重里《しげさと》持久《もちひさ》という。楠木殿には、村の者が世話になったことがあるのだ。大和猿楽の一座が、河内に半年ほど滞留したことがあるのを、憶えておられるか？」

「皆月《みなつき》の一座かな？」

「確かに、楠木殿のようだ」

皆月の一座は六人で、笛だけの芸だった。それでほかの一座の踊りと組ませ、興行をさせたこともある。いまではもの真似と踊りを入れ、各地を興行して歩いている。

「楠木殿ならば、失礼なことをした」

重里持久が言った。身構えていた加布と尾布が、ほっとしたように構えを解いた。二人には感じられる殺気が、漂い続けていたのだろう。それにしても、蟬の声はついに熄《や》むことがなかった。

「持久」

男がひとり出てきた。ずっと後ろの方にいたようだ。着ているものは粗末だが、直衣《のうし》のように見えた。華奢な躰つきで、眼に暗い光がある。

「斬った方がいいのではないのか。六波羅の密偵でないという証拠はあるまい」

「河内の悪党ですよ。だから、六波羅の敵と言ってもいいのです」

「悪党であろう。どちらにも転ぶのではないのか？」

「悪党は、六波羅の敵であるがゆえに、悪党なのです」

「そういうものかの。秩序をただ乱す暴れ者としか、私には思えぬが」

男が、正成を一瞥《いちべつ》した。村の人間ではない。いや、武士でさえない。身に湛《たた》えている気配が、気持のいいものとは正成は感じなかった。

「六波羅の秩序、いや鎌倉の幕府の秩序。この国の秩序は、そうではありませんか、日野《ひの》様?」

「その通りだ。とすると、悪党もいくらか役に立っているということか」

「私には、なんとも申しあげられませんが、六波羅では手を焼いておりましょう」

「そうか」

男が、正成に一歩近づいてきた。

「日野俊基《としもと》という。私のことは、憶えておいてくれぬか。いつかは、河内を旅することもあろうと思う」

「楠木正成です」

「武士の身なりをしておるの。ならば、まことの武士になれ。帝に忠義を尽すのが、武士というものだぞ」

「はあ」

「北条の支配を嘆き、心底では帝に従いたいと思っている者たちが、全国に数多くいる。おまえも、そういう志を持つことだ」

的のはずれたことを言われている、と正成は思った。思っただけで、口には出さなかった。日野俊基というのが何者なのか、まだ正成には見当がつかない。髪にはいくらか白いものが混じっているが、四十にはなっていないだろう。眼の暗い光が執拗で、人ではないものとむかい合っているような気分が襲ってくる。

　正成は、蜩の鳴声の方に意識をむけた。

「日野様。六波羅の密偵ではないことがはっきりいたしました。峠まで、最初の四人がお送りいたします。そろそろ行かれた方がいいのではありませんか」

「思わぬ時をかけたな、持久。おまえの父はあまり歓迎していないようだが、また私はここへ来る。それまでに、いくらかでも父を説得しておけ」

「老いの一徹という言葉もございます」

日野俊基が、声をあげ女のように笑った。もう、正成を見てはいない。

四人を従えて去っていく日野俊基を、重里持久は躰を硬くして見送っていた。

「村へ来られますな、楠木殿？」

　しばらくして、重里持久がふりむいて言った。

「御迷惑でなければ」

「楠木殿にお目にかかって、お連れしなかったとなれば、父に叱られます」

　重里持久が歩きはじめたので、正成も肩を並べた。それぐらいの幅はある道だった。周囲の男たちは、いつの間にか姿を消している。

「日野俊基様は、朝廷からの使者という立場で、村を訪ねられたのです。帝に心を寄せよ、と父に説かれました。そうやって、各地の武士のもとを回っておられるようです。六波羅の密偵には、ことのほか用心されていて、楠木殿がこの道に入られただけで、怯えてしまわれました。われらにも、密偵は好ましくないという思いがありまして、失礼をしてしまいました」

「こういう道があるということは、村の存在を六波羅は知っているのですな？」

「勿論です。年貢も納めております。それでも、六波羅はなにか嗅ぎ出そうとします」

隠れ里が多くあるのだろう、と正成は思った。そして六波羅は、そこからも年貢を取ろうとする。山中では、めずらしいことではなかった。

一里ほど行くと、重里の村があった。

入口に、集会所に使われているらしい建物がある。それは、いくらか手を加えれば、砦となるものだ。伊賀黒田の村によく似ていた。およそ四、五百戸の村だ。

「こんな村にも、京から公家がやってきて、帝に心を寄せよ、と説くのです。天下は、なにやらおかしな雲行なのですね」

「だからと言って、雨が降るとは俺は思わないのですがね」

「父も、同じように感じているようです」

重里の屋敷は、村の中央にあった。

門の前で、初老の男が待っていた。

「重里氏久《うじひさ》です。皆月は、甥に当たります。姉の子ということで」

温和な感じを与える男だが、眼がまだ野性を失っていない、と正成は感じた。

加布も尾布も一緒に、屋敷の中に請じ入れられた。質素だが、貧しい村というわけではなさそうだった。

「皆月はいま、九州を回っているはずです。来年になれば、一度この村に戻るかもしれません」

「笛だけだった一座ですが、もの真似や踊りを入れてからは、興行も難しくはなくなったようです」

「そこまでになれたのも、楠木正成殿のお力添えがあったからでしょう。ことあるごとに、皆月はそう申しております」

「世に出る前に、ほんのひと時、他人の力を必要とする。芸能をやる者は、みんな同じだという気がします」

酒肴《しゅこう》が運ばれてきた。

「なぜ、他人の力が必要なのでしょうな。私は、楠木殿にずっと心苦しい思いを抱いてきました」

「芸能は、民の声です。喜びであり、嘆きであり、時には滅びを願う心であったりします。そういうものは、ただの人にはできません。人ではないものになる。そのために、わずかの間、他人の力を必要とするのだと思います。重里殿に心苦しく思われても、こちらは困るだけです。そばにいるから、力を貸している。それだけなのですから」

「民草の喜びや悲しみを、心にしみつかせるための時とでも申されるか」

「多分、そうなのでしょう。そして、それができるのは、選ばれた者たちだけです」

「私も、そう思います、楠木殿。芸能のために生まれてきた者が、確かにいると。そしてその者たちは、山中にいれば腐るだけなのです」

「芸能だけでなく、山を降りたいと思う者がいたら、河内へ寄越されるとよいのです。仕事は、いろいろとあります」

「ありがたいお言葉だ。山を降りたいと申す若い者が、年に二人か三人はおります」

持久が、酒席に加わってきた。

「この加布と尾布という従者も、伊賀山中の猟師の村から出てきた者です」

「伊賀と較べると、大和はまだ静かなものです」

持久が言った。表情も口調も、よく似た父子だった。

「六波羅には逆らわず、領主への年貢も滞らせない。つまり、争いを起こさないことで、このあたりの静穏さは保たれているのです。父は、数十年そうやってきました」

「必ずしもよいことではない、と言っておられるようにも聞えますぞ、持久殿」

「理不尽が、多すぎるのです。それにも耐えよ、と父は申しますが」

川の魚を焼いたものが、口の中に香ばしく拡がり、正成は束の間眼を閉じた。

「小さな理不尽に耐えれば、大きな理不尽は襲ってこない。父はそう言いますが、必ずしも正しくはない、と私は思っています」

「もうよい、持久。思わぬめぐり合わせで、楠木殿とこうして酌《く》み交わしておるのだ。もっと快く飲もうではないか」

「そうですな」

持久が苦笑し、正成の杯に酒を注いだ。加布と尾布は、肴に箸をつけるだけで、酒は飲もうとしない。飲めないのではなく、旅の間は決して口にするな、と菅生忠村に言いつけられているのだ。

「大和は、広いのですね。そして山が深い。こんな村があることを、はじめて知りました」

「六波羅も、点でしか押さえておりません。こういう村が、大和の南から紀伊の山中にかけて、数えきれないほど散在しています。一度、全部回ってみろ、と持久には言っているのですが」

「みんな、理不尽に耐えているのだと思います。しかし、その理不尽がそれぞれに違う。だから、まとまりきれません。大和の南の村では、そうです」

悪党同士が、連合することもできない。それも、同じ理由だった。人の眼は、一年後よりも明日にむく。

山中の暮しについて、父子が喋りはじめた。正成が知っている、伊賀山中の暮しと大差はない。こういう土地では、商いも難しく、山の恵みや、棚田の米しか得るものはないのだろう。政事さえしっかりしていれば、それでも充分に人は生きられる。

「悪党は、いないのですか、大和には？」

「いくらかは。理不尽に耐えかねた村が、領主とぶつかっては、潰されたりしています。村と村が離れすぎている。それも、伊賀のようにまとまりきれない理由のひとつでしょうな」

氏久も持久も、日野俊基の話はしなかった。それよりも、河内での商いや水運のことを、詳しく聞きたがった。

「ここから、産物を河内に運べば、売ることもできるのですね？」

「河内に入ってくれば、この正成が売ることは引き受けます」

「しかし、遠いな」

　持久が、考えるような表情をした。

「山では、なにか採れませんか。辰砂でも、銅でも鉄でもいい。作物を運ぶのは難しいが、そういうものなら、腐りません」

「考えてみます」

「必ず、なにかあると思いますよ。眠っているものがです」

「香木」

「それなら、ただの材木よりずっと銭になる。香木の種類によりますが」

「蠟は？」

「売れます。ちょっと考えただけでも、山には売れるものが多くあるではありませんか」

「もっとあるな。父上、銭を蓄えるのは、父上も反対はされますまい？」

「銭は力だ。皆月の話などを聞くと、確かにそう思う。しかし、売る相手が少なすぎる」

「思い切って、河内までの道を拓いたらどうでしょうか。楠木殿は、売る相手を数多く御存知のようです」

「しかしな、持久」

「こちらは、迷惑ではありませんぞ。いくらかは、儲けさせてもいただく。つまり、それが楠木の商いでもあるのです」

「河内への道か」

「ほかの村の産物も、運べます、父上。そういうことで、村同士の結びつきも強くなります」

話が、果てることはなかった。いつの間にか、外は薄闇になっている。一日の最後を、蜩が鳴き競っていた。

「ほとんど使われていないが、河内への山道がある」

氏久が、正成の顔を覗きこんだ。

「使えるだろうか、それが？」

「行ってみなければ、わかりませんな」

「河内にお戻りの時、また村に寄っていただけまいか。そして、その道でお戻りいただけぬだろうか。案内は、この氏久が自身でいたします」

持久は、ちょっと驚いた表情で、氏久の口もとを見つめている。

「もう少し南、紀伊との国境あたりまで行こうと思っています。帰りに、寄りましょう」

「持久、案内を兼ねて、楠木殿のお供をせよ。決して逃がさず、ここへ連れ戻すのだ」

氏久が、にやりと笑った。正成も、笑い返した。持久だけが、戸惑った表情をしている。

外の闇が、濃くなりつつあった。

第二章　風と虹

1

汗をかいていた。

護良《もりよし》は井戸で水を浴び、法衣に着替えた。半日の馬責めは三日に一度のことで、それすらも奇異な眼で見られたが、護良は気にしなかった。宮中にいた時は、武者所でよく弓や剣の稽古をした。止めようとする廷臣がいたが、耳を貸したことはない。

境内の外にだが厩《うまや》を造り、馬を五頭置いていた。僧房には、護良が遣《つか》うための太刀や弓や薙刀《なぎなた》も置いてある。

三千院梶井門跡《さんぜんいんかじいもんぜき》に入室して、すでに五カ月が経っていた。遠からず、門主になることになっているが、それもひと時のことで、やがては天台座主《てんだいざす》になり、比叡山《ひえいざん》に入る。出家する時、父なる人にそう言いつけられた。

出家して尊雲《そんうん》という名になったが、自分の名はあくまで護良である。そして、親王である。父なる人は、帝《みかど》なのだ。

入室は、三千院ではなく、白河妙法院《しらかわみょうほういん》でも、ほかの宮門跡（親王が門主をつとめる寺）でもよかった。天台座主になるために、通る道にすぎないのだ。

時勢が動いている。それも周囲ではなく、自分自身の足の下が動いているのだ。護良は、それを痛いほどはっきり感じていた。

京で騒動が起きたのは、昨年の九月だった。六波羅《ろくはら》の軍勢が、土岐頼貞《ときよりさだ》、多治見国長《たじみくになが》の屋敷を包囲したのである。倒幕の密議があったのだという。頼貞と国長は自刃し、ほかに日野資朝《すけとも》、日野俊基《としもと》という公家が捕縛された。

父なる人、帝は六波羅に関与を否定し、鎌倉《かまくら》へは弁明の使者を立てた。

宮中にいた護良は、帝こそが密議の中心であることを知っていた。知っていただけでなく、帝自身の口からも、倒幕の思いを何度も聞かされていた。日野資朝も俊基も、帝の密命を帯び、倒幕の挙兵に加わる武士を募って、全国を歩いたのだ。

その密議が発覚したのは、武士の中からの密告だった。武士を、心の底から信用するべきではなかった。帝がそう慨嘆するのを、護良は直接聞いた。

出家を命じられたのは、その直後だった。南都北嶺を押さえたい。帝の言葉はそれだった。つまり奈良の興福寺《こうふくじ》と、比叡山延暦寺《えんりゃくじ》を中心とする、寺社勢力を帝の下に置きたいということだった。延暦寺三千衆徒と言われるように、寺社の強大な勢力は武士の力に対抗するための、底力のようなものなのだ。

自分が天台座主になれば、ほんとうに比叡山を動かせるのかどうか、護良にはよくわからなかった。もし比叡山を動かせたら、全国の比叡山に連らなる寺の衆徒も動く。それは十万を超える数になるはずだ。倒幕のためには、見逃してはならない力だった。

しかし実際には、武士の力が当てにされ、日野資朝も俊基も、全国の武士を説いて回った。

六波羅が、その背後にいる鎌倉の幕府が、朝廷よりもずっと力を持っていた。それはおかしい、と護良は思ったが、現実にはそうなのだ。帝と朝廷を守るはずの武士が、朝廷もこの国も支配してしまっている。

護良は、十八歳だった。本来ならば、腹違いの兄たちか自分が、皇太子に立てられて当然だと思っていた。しかし皇太子は、先帝の子邦良《くによし》である。これもおかしいが、大覚寺《だいかくじ》統と持明院《じみょういん》統という、二つの皇統があるのはもっとおかしい。

幕府が口を出しすぎる。漠然と、護良はそう考えていた。帝のまわりにいる大人たちも、同じことを言っている。なにかにつけ幕府が口を出し、その同意がなければなにもできないので、これほど面倒なことになったのだ。帝が武士の棟梁たる将軍を任命するのは当たり前でも、武士が皇位継承に口を挟むのは、紛れもなく謀叛ではないのか。

　平清盛《たいらのきよもり》以来、この国ではそれがまかり通っている。

　武士の支配を覆そうとした帝の考えは、間違っていない。しかし、その理不尽を説いて回り、決起を期待したのが、不平を抱いている武士たちだった。武士の力を借りて武士を倒すのは、いま権力を握っている北条《ほうじょう》一族から、ほかの武士に力を移すだけのことにならないのか。

　寺社の勢力に帝が眼をむけたのは、遅かったとはいえ間違ってはいない。武士を倒すのは、武士以外の力でなければならない、と護良は考えていた。それに、帝のまわりにいる廷臣たちが、護良は好きではなかった。今度のことは、その廷臣と不平を抱く武士が結びついたにすぎないのだ。

「ここにおられましたか、法親王《ほっしんのう》」

　縁を通りかかった仲円僧正《ちゅうえんそうじょう》が、声をかけてきた。護良の居室はもっと奥にあり、ここは僧たちが控える場所だった。境内に面しているので、護良はここを好んでいる。

「法親王はやめて貰いたい、と言ったはずです、僧正」

　仲円は、叡山一の学識の持主と言われていた。梶井門跡に入室してから接する機会が多いが、護良が学んだのは学問ではなく、世のありようのことだった。

「また、遠乗りだそうですな」

仲円は、護良のそばに腰を降ろした。

「無駄なことだと、僧正は言われますか？」

「なんの。躰を鍛えなければならぬのは、なにも武士だけではありますまい。法親王も武芸でなにか学ばれるであろうと、愚僧は常々思っております」

「法親王というのは」

「仕方ありますまい。やがてこの門跡の門主になられ、叡山の座主にもあがられようというお方なのですから」

山門（叡山）の勢力を朝廷につけるために、まず梶井門跡に入室せよと命じたのは、帝自身だった。同じ門跡である白河妙法院には、弟の宗良《むねよし》が入室している。

帝がこの国を治めるのが、正しい姿である。武力を持った武士が、治めるべきではないのだ。帝が、自らの政事を実現するために、武士の力を使えばいいのだ。

しかしこれまでに、どれほどの数の帝が、親政を志したのか。父なる人だけである、と護良は思っていた。武士の権力者を倒すために、朝廷が力を貸したことは何度もある。それは、武士に帝の権威を利用された、ということにしかならなかった。武士を倒したあとのこの国をどうするか、と考えていた人間が朝廷にいなかったからだ。

　父なる人もまた、誤りを犯した。武士を倒すために、武士の力を利用しようとしたのだ。それにすぐ気づいたので、南都北嶺の勢力に眼をむけた。この国で武士以外に武力を持っているのは、寺社勢力なのだ。そして有力な寺社は、領地としている荘園を統轄するために、しばしば武士とぶつかり合っている。

「野駈けをしながら、考えたのですが」

「ほう、馬の上でものが考えられるものですか？」

「私は、そうです。野駈けをしている時、武術の稽古をしている時、ただただ無心になります。そういう白い心の中に、ふっと浮かびあがってくるものがあるのです」

「この国の、あるべき姿が浮かぶのですか」

　それについては、仲円と何度も話をした。語るのはほとんど護良で、じっと聞いたあとに、仲円はこの国の歴史についてなにか言うことが、時々あった。

「不思議に、そういう時は、すぐ先のことしか浮かんできません。これから、帝はどうなってしまうのだろうかとか、捕縛された者たちは首を刎《は》ねられるのだろうかとか」

「今日、浮かんだのはなんでございます？」

「武士の力を押さえるのに、民の力を使えないものなのでしょうか。郊外に市が立っていて、民が集まっているのを見ました。活気に溢れています。民の力こそ、国の力なのではないか、とふと思いました」

「なるほど。山門の力は、民の力ではないと思われたのですな」

「山門は、自らの領地を守るために、僧兵を多数擁《よう》しています。決して、民のためではない、と私は以前から思っていました」

「なるほど」

「言葉が過ぎたでしょうか、僧正？」

「いや、恐らくは間違っておりますまい。ただ、民はひとつに集まることが困難なのです。ひとりひとりの営為の中で生きておりますのでな」

仲円の眼は、護良にむいたまま動かなかった。

「たとえ帝の名のもとでも、ひとつにまとまることは困難でしょうか？」

「武士の力が、重くのしかかっておりますのでな。帝や朝廷より、武士の方をずっとこわがっております」

「武士が、なにゆえ堅い結束を保っていられるのか、私はずっと考え続けてきました。つまり武士は、ひとりひとり父祖代々の領地を持っています。その領地を安堵されることで、棟梁に従って戦をすることを肯《がえ》んじます。しかしもともと、領地は帝がくだされたものではないのですか。たとえ棟梁の領地であろうと、帝がくだされたはずです。いや、それらの領地は、与えられたのではなく、預けられただけのはずです」

「言われていることに、なんの間違いもございません。正しいことです。しかし、そのまま この世に通用することでもないのです」

「歴史がある、ということはわかります。武士の領地が、長い間、棟梁によって安堵されてきたという歴史が。歴史がまた、力になるということも」

「それがいま、揺らぎつつある、ということもおわかりでしょう」

確かに、武士同士の、領地をめぐる紛争は多かった。武士だけでなく、寺社の領地についても同じだ。その訴えを受けた幕府や六波羅は、正しい裁決を下せなくなっている。そのため、各地で小さな戦は起きているのだ。

「揺らいではいても、幕府はやはり強力なのだと思います」

「そうです。法親王様は、きちんと現実を見ておられます。いまの幕府を倒すのは、たやすいことではありますまい」

帝が、なりふり構わず幕府を倒そうとしている。それが無謀だと、仲円は暗に言っているようだった。

帝を取り巻いている人間たちを、護良は好きではなかった。なぜこんな者たちを近づけるのだ、としばしば思った。そこで倒幕の話を聞くのも、いやなことだった。頭の中で考えたことだけが語られている、としか思えなかったのだ。つまり意味のある話は、なにもなされていない。

その中で、自分や弟を門跡に入室させ、叡山を制しようとしたのは、唯一現実的なことだった、という気がする。

人声がして、四条隆貞《しじょうたかさだ》が四人の僧と一緒にやってきた。隆貞は宮中の時からの従者で、護良より五つ年長だった。

「おう、これは、仲円僧正も御一緒でしたか。実はこの四人の者たちが、武芸を習いたいと私に言ってきまして」

「僧兵ではないな。きちんと勤行《ごんぎょう》をなしている者たちではないか」

「ならぬぞ、おまえたち」

仲円が言った。いつも大らかな表情をしていて、穏やかな喋り方をするが、めずらしく語気は鋭かった。

「なぜでしょうか、仲円僧正。大塔宮《おおとうのみや》様は、闘える僧を望んでおられるのですぞ」

「これは四条殿のお言葉とも思えぬ。法親王様が僧兵たちに武芸を励ましておられるのは、京でも噂になっております。まあ、僧兵ならば、まだよい。修行中の僧にまで武芸をやらせたとなると、噂が噂で済まなくなります」

「そうなれば、どうなるのです？」

「わからぬか。法親王が叡山に入られる時が、それだけ遅れるということだ」

言われて、隆貞がうつむいた。

「四人のことは、憶えておく。私が叡山へ行くことになったら、呼び寄せよう」

とりなすように、護良は言った。仲円の言う通り、いまは目立つのは得策ではない。昨年の倒幕の謀議については、日野資朝が佐渡《さど》に配流《はいる》になっただけで済み、日野俊基は鎌倉で放免された。いまのところ、それ以上の動きを幕府は見せていない。

「僧房に武器を集めているという話だが、四条殿？」

「私が命じたのです、僧正。しかしそれも、目立つことだったかもしれません」

「武器ならば、山に運んで蓄えられますように、法親王様」

叡山に蓄えておけ、ということだ。自分はまだ、梶井門主にも就いていない。天台座主への道は、まだ遠かった。すべては、天台座主に就いてからだった。

四条隆貞が四人を連れて退《さ》がると、護良はしばらく瞑目していた。

「叡山にあがるまで、私はここで学問をしているのがよいのでしょうか？」

「学問とは、どのようなものをなされるおつもりです？」

仲円の口調は、いつもの穏やかなものに戻っていた。

「どのようなものでも。僧正がおられるのですから、学ぶべきものは多いと思います」

「法親王におかれましては、すでに充分の学識を身につけておられる、と愚僧は思っております。これ以上の学問を不用とは申しませんが、ほかに学ばれることも多いかと」

「なにを学べばよいのでしょうか、私は？」

「市中に出られることです。天台座主になられてからでは、あまり気ままもなりますまい。いまのうちに、市中の民の営みを、その眼で御覧になっておくことです。そしてできれば、京以外の地へ旅をされるのもよろしい、と思います。忍んでいかれるのですから、供回りは四条殿ほか、心利きたる者二、三名で」

「いまならば、それができると？」

「三千院梶井門跡におられるかぎり、お留守はこの仲円がいかようにも繕《つくろ》います」

「それは」

自由に市中を歩き回ることなど、あまり考えたことはなかった。せいぜい、供を十名以上連れた、遠乗りぐらいである。民と接することも、控えていた。まして忍びの旅など、考えたこともない。

「行きたいと思います。できるならば、ひとりの人間として、旅をしてみたいと思います」

「帝の血に連らなるお方。民を知ることは、御自分をお知りになることと同じです」

「六波羅の密偵には、悟られぬよう気をつけます。法体ゆえ、そのあたりはうまくやれそうな気がします」

旅に出る。護良の心の中で、不意にその思いが大きくふくらんできた。遠国は無理としても、畿内の旅ぐらいはできそうだ。

ひとりになってからも、護良は旅のことを考え続けた。

国がどうあるべきか、という思いは常に描いてきた。宮中にいて、大人たちの言うことをもとにして考えたことだ。護良がもの心ついたころは、父なる人はすでに皇太子の地位にいた。まず頭に入ってきたのは、大覚寺統と持明院統という、二つの皇統の争いだった。それも父なる人が帝に即《つ》くと、上皇との争いに変ったような気がする。

学問は、続けた。同時に、活発なところがあり武芸にも励んだ。

ふり返れば、自分の生活はそれだけだったと言っていい。民が集まる市で、ものひとつ買ったことはなく、宮中にいる者以外で言葉を交わすのは、ほとんどは僧だった。いま帝は武士を倒そうとしているが、自分が知っているのは侍所で宮中に仕える武士だけだ。

旅に出たい。日が経つにつれ、その思いは強くなった。畿内を中心とした絵図を、ひとり蠟燭の灯の下で見つめる夜が多かった。

「水干《すいかん》を用意しておけ」

境内の新緑が濃くなるころ、護良は四条隆貞を呼んで言った。

「水干を、どうなさるのです？」

「おまえと、もうひとりが着る」

「賤《いや》しき者たちの着物をですか？」

「民と言え、隆貞。そして、私はこれからしばしば、民の中に入ることにする。おまえは、法体の私の世話をする、下人というところだ。そうやって、旅をしよう」

「それは、なんのためでございますか？」

「わからぬ。民を知りたいと思っているが、それがなんのためになるかは、やってみなければわからぬ」

「なるほど」

「不服か、そういう旅が？」

「わかりませんが、なにやら面白いという気はいたします。三千院にいたところで、相手は僧ばかりで気が塞ぎます」

「私も、僧だぞ」

「それは、便宜というものでございましょう。山門を朝廷につけるために、高貴な方が叡山に入られる。そのためには、僧でなければなりませんので」

「僧兵の調練など、叡山に入ってからで充分であろう。その前に、旅をしておきたい」

「心得ました」

隆貞が、白い歯を見せて笑った。

護良は、頭の中ですでに旅する場所を決めていた。まず、大和。かつて朝廷があったその国には、なにか特別なものを感じた。奈良は大和《やまと》の北端だが、南には大きく拡がっていた。山深い土地らしいが、そこを旅してみたかった。それから、和泉《いずみ》、摂津《せっつ》。物が豊富で、人も銭もそこに集まると聞いていたからだ。できれば、播磨《はりま》の方へも行ってみたい。

「水干だ、隆貞。私は墨染めの僧衣で、おまえは水干姿の下人だ。そして、歩いて旅をする」

大和がどれほど広いのか、護良は知らなかった。絵図で見るかぎり、山城《やましろ》の国よりもずっと広い。和泉、摂津はそれほど遠くなく、播磨に入れば中国である。

「いつ、出発いたしますか、大塔宮様？」

「三日後。留守の間のことを、仲円僧正と話し合っておかねばならん」

「内密なのですね、朝廷や門跡には？」

「その通りだ。だから私が留守の間、仲円僧正にうまく繕って貰わねばならぬ。六波羅の密偵が知れば、私が日野資朝のように、諸国を歩いて武士を説き回っている、と思われるであろうし」

「それもよい、とは思いますが」

「まず見ることだ。武士ではなく、民の姿をよく見たいのだ」

梶井門跡にまで、六波羅は眼を光らせてはいないだろう。まだ若い親王がひとり入室した、という程度にしか考えていないはずだ。

動くならば、いまだった。

2

正成《まさしげ》は、妻帯していた。

妻は、玉櫛荘《たまくしのしょう》の豪族の娘で、名を比佐《ひさ》という。父が選んだ妻であり、正成は不平も並べずそれに従った。妻の仕事がきちんとできる女ならそれでよく、女の美醜に大きな関心はなかった。

しかし比佐は、醜い女ではなかった。いくらか肥《ふと》り肉《じし》だが、かわいい顔をしていて、細かいことを気にする性格ではなかった。

妻帯してからも、正成の生活はほとんど変らなかった。畿内《きない》や中国東部を歩き回り、人との繋がりを深めた。さらに、物が河内《かわち》に集まるようになっている。それを売り捌《さば》くのも、人との繋がりだった。

悪党がどう生きればいいのか。旅の間も、正成はそれを考え続けた。河内は、よそと較べると、富める国になりつつある。民の仕事が、農耕だけでなく、ほかにいくらでもあるからだ。馬借《ばしゃく》や船頭といった、運送に携わる者は、ことのほか多い。物が集まるがゆえに、商《あきな》いも盛んである。

しかし、ひとたび六波羅に睨まれたら、それらのすべては取りあげられる。そこまで行かなくても、重い税をかけられることは間違いない。

悪党の蜂起は、方々で起きていた。六波羅は、それをひとつずつ潰している。潰された悪党の方も、完全に潰えてはいない。どこかに紛れこみ、なにか事があると、再び湧き出してくるのだ。

悪党がひとつにまとまることなど、考えられなかった。せいぜい、河内を中心にして、伊賀や和泉の悪党が助け合う程度である。

和泉は、河内や伊賀のように、民の中から悪党が生まれたのではなかった。地頭などをつとめる御家人が、課される税の重さに耐えかねて、悪党になっていくということが多かったのだ。

和田《みぎた》助家《すけいえ》は、そういう和泉の悪党のひとりだった。正成のやり方になにか感じることがあったらしく、しばしば旅に同行してくるようになった。

「それほどのことでは、なかったようですな。正成殿。日野資朝だけが佐渡に流され、日野俊基は放免というではありませんか」

紀伊の山中で、猟師の小屋を借りて雨をしのいでいた。同行しているのは、和田助家と寺田《てらだ》祐清《すけきよ》、それに加布《かふ》と尾布《おふ》である。

昨年の京の騒動がどう結着がつくのか、和田助家は気になって仕方がなかったらしい。意外に軽い幕府の処分の内容を、正成はすでにひと月以上前に摑んでいた。

日野俊基とは、大和の山中で会ったことがある。各地の豪族を回り、朝廷に与力するように説いて歩いていたのだ。どこか陰湿な、冷たい眼の光は、いまでもはっきりと思い出すことができる。

なぜ、これほど軽い処分で済んだのか。

倒幕の密議の中心に、後醍醐《ごだいご》帝がいたであろうことは、誰の眼にも明らかだった。ただ、後醍醐帝は、迷惑千万と自らの関与を否定し、すべての責めを日野資朝と俊基の二人に負わせた。

それほどの大事ではない、と幕府は判断したのか。下手をすれば、承久《じょうきゅう》の乱と同じようなことになったのだ。承久の乱の時は、三人の上皇が流罪に処せられ、時の帝は廃された。それだけの、絶対的な力が幕府にあったということだ。

いまは、幕府は事を好んでいない。あの時と同じ兵力があっても、力を行使する自信がないのかもしれない。悪党の追捕でも、同じことを感じる。全力で、悪党を叩き潰そうとはしてこないのだ。

全力を出しても、必ずしもうまくいかないかもしれない。それは正成自身が、よく考えることだった。それこそが、自分の臆病さだとも思っていた。

「幕府は、朝廷に対して弱腰になっている、と私は思います」

「高が知れている、と思ったのかもしれん。それでなくとも、朝廷は大覚寺統と持明院統というように、皇統が二つに分かれて争っているらしい。面倒なことに、これ以上首を突っこみたくない、と考えたのだろうよ」

「そう言われれば、そんな気もします。六波羅は、二人の武士については、即座に処断しましたからな」

和田助家は、焼いた川魚に食らいつきながら言った。

正成は、倒幕の密議が朝廷で練られたということを、むしろ大きく考えていた。密議の内容そのものは馬鹿げたことでも、いまの帝には、幕府を倒そうという意志はある。幕府に不満を抱いている武士の力を利用しようとしたのが、大きな誤りだった。幕府が自信を失っているように、不遇の中にある武士も自信を持っていない。

「祐清は、どう思う？」

「私は、幕府が、重大なことが起きたと、認識していないのだと思います」

寺田祐清は、かつての烏丸《とりまる》である。観心寺《かんしんじ》で学問を修め、以前よりずっと大人びた感じになっていた。剣の腕も、あげたようだ。菅生忠村《すごうただむら》に言わせれば、楠木《くすのき》家随一の遣手《つかいて》である。ただ、神宮寺小太郎《じんぐうじこたろう》ほど、戦の指揮にはたけていない。

「悪党の蜂起もそうです。潰せる時に潰そうとしないので、いまに東国にまでそれは及んでいくという気がします」

「各地の悪党が、ひとつにまとまるのは難しい。せいぜい、河内と伊賀《いが》、河内と和泉であろう。伊賀と和泉がひとつになるのは、やはり無理がある。どちらにも、これはという利が出てこないからだ。違うか、助家？」

「確かに。私が正成殿と手を結ぼうと考えたのは、大和川で物流の利があがるからです。それだけではなく、私は正成殿が好きなのですが」

「なにかが、動きつつある。それは確かだろうと俺は思うが、いまひとつはっきりしたものが見えてこない。愚鈍だな、俺は」

「見えなくても、見ようとされている。それは、はじめから見ようともしない者とは、まるで違うと私は思います」

「助家よ、俺などを買い被ると、ひどい目に遭うぞ。俺は、河内赤坂《あかさか》村の悪党だ。悪党であることを巧妙に隠し、商いに精を出しておるがな」

「私が、正成殿に惹かれたのは、そこですね。待つということを、知っておられる。そして、なにかを待っておられる」

「なにを待っているというのだ、助家？」

「それが、よくわからないのです。正成殿の、老獪《ろうかい》なところですな。決して、私のような者にまでは、心の底を覗かせない」

　正成は、苦笑した。

　覗かせようにも、心の底になにがあるのか、自分でもよくわからない。そういう状態で、何年も過してきた。悪党の生きる道は探らなければならない。それだけは、真剣に考え続けてきた。

「雨はやみそうか、加布？」

「多分、夜半には」

「そうか。明日は大和に入り、二日か三日後には重里《しげさと》の村に入りたい。それから盛俊《もりとし》殿を訪ね、赤坂村に帰る」

「よろしいのですか、それで？」

加布と尾布には、手下を五人ずつ持つことを許していた。加布の手下のひとりが、二日前に知らせを届けてきた。懐妊していた比佐が、子を生んだ。男子だという。正成にとっては、最初の子だった。

「もう寝るぞ。赤坂には、いずれ帰るのだ。間違いなく帰る。それだけでいい」

「照れておられるのだな、正成殿は」

魚の骨を火の中に放りこみながら、助家が言った。笑っているのかどうかは、わからなかった。

それから二日後の夕刻、重里の村に到着した。尾布を先に行かせていたので、近在の村からも人は集まっていた。

山で穫れるものと、海からの俵物の交換の話し合いである。干魚の俵ひとつで、干した茸の俵ひとつと交換する。ほかに、山菜を干した俵物もある。

運送は正成の配下の馬借が当たり、俵物二十についてひとつ、正成に入る。新しい取引だった。いままでは、重里の村から運ばれてきたものを、正成が摂津や京に売っていただけだ。

「紀州《きしゅう》や伊勢《いせ》からの鞣皮《なめしがわ》も、だいぶ河内に集まっているようですね、正成殿」

大和から河内への山道はしっかりしてきて、いまでは荷を載せた馬も通れる。大和の深山の村の産物も、かなりの部分が重里の村に運ばれ、河内へ流れていく。正成の顔も、大和ではだいぶ広くなった。

「紀伊や伊勢のものは、船を使って運びはじめている。それの方が、俺の手間も省けるのでな。持久《もちひさ》殿も、大和の村をずいぶんとまとめられた」

「人は、やはり利で動きます。私は、いやというほどそれを感じましたよ。あまり付き合いのなかった村も、あちらから近づいてきたりしています」

持久は、鞣皮などは仲介するだけで、山の中で別のものを捜していた。金である。鉱脈を見つけてはいないが、砂金が採れる川はいくつか押さえたようだ。これからは金が力を持つ、と見通している。

「ところで、おかしな客人がありましてな」

話し合いは終ったので、持久の屋敷の方へ移った。

「旅の僧で、供を三人連れておりました」

「三人の供とは、高僧だな」

「それが、まだ二十歳《はたち》にも満たないようでした。父が応対したのですが、めずらしく緊張していて、私には喋らせようともいたしませんでした」

「氏久殿が、それほどに緊張されたか。ただの僧ではないな」

「村の暮しのことなどを、訊かれただけなのですが」

何者なのか、持久は判断できなかったようだ。高貴な人、と氏久は言ったらしい。

「氏久殿は？」

「それが、二十里ほど南の村へ行っておりまして。帰りは、十日後ぐらいでしょう」

「お元気なものだ」

「どちらかというと、私より父の方が金に取り憑かれたようで、ちょっとした話があるとすぐに出かけてゆきます」

「まあ、老けこまれるよりはましだ」

高貴な旅の僧が気持にひっかかったが、それ以上は考えようがなかった。氏久も持久も、悪い感情は抱いていないようだ。

持久には、ほかの村とは別に、求められているものがあった。薙刀と剣である。それも、三百人分だった。持久は、五つの村からそれだけの兵を集めるのだという。すでに二百人は集まっていた。

玉櫛の父の屋敷の武器倉から運ぶしかない、と正成は話し合いながら考えていた。武装を充実させることについては、持久なりの考えがあるらしい。ただ、京の騒動のことや、捕縛された日野俊基がここを訪ねていたという話は、口に出そうとはしない。

重里から、山道を使えば二日で赤坂村だった。

屋敷では、比佐が待っていた。

「起きてもいいのか、比佐」

「はい。男の子を生むことができて、お役目を果せたとほっとしております。玉櫛の義父《ちち》上も、ことのほかお喜びだとか」

「孫を欲しがっておられたからな、父上は」

「近々、赤坂に来られるそうですわ。牛車に祝いを積んで赴くと、お使いをいただきました」

「牛車の祝いなどと、大袈裟な」

赤子は、眠っていた。これが俺の息子か、と正成は思った。面映《おもは》ゆさのようなものが、全身を包んだ。自分も、人の親になった。それが不思議でもあった。

正成が戻ったことを知ってか、近在の者たちが祝いに集まりはじめた。

恐る恐る、正成は赤子を抱いた。軽かった。抱き続けていると、毀《こわ》れてしまいそうな気がした。のどの奥に、熱いような感じがある。

「梓丸《あずさまる》、という名にしよう」

比佐を見て、正成は言った。考えていたのではない。抱いた時に、そう思った。一度思うと、もう赤子は梓丸としか思えなくなった。

「いい名ですわ、あなた。とても凜々しい顔をしていて、それによく似合います」

顔立ちがどうかということまで、正成にはわからなかった。女には、男に見えないものも見えるのかもしれない。

不意に泣きはじめたので、正成は驚いて梓丸を比佐に返した。掌に、汗をかいていた。屋敷の中は、祝い一色である。ふだんは家人に厳しい菅生忠村も、赤い顔をして誰彼となく酒を注いでいた。

その祝い気分も、ひと晩だけだった。

早馬が到着したのは、翌朝である。

父の正遠《まさとお》が、死んだ。夜明け、庭に出て剣を振っていて、倒れた。恩地《おんち》兵衛《ひょうえ》が抱き起こした時は、すでに息がなかったという。

病むこともなく、父は死んだ。まず、そう思った。死ぬ時は、人はたやすく死ぬ。

屋敷の中は騒がしくなっていたが、正成はひとり縁に座って、庭の樹々を見つめた。河内の悪党、楠木正遠は死んだ。幼いころに見た父、成長してから見た父。さまざまな父が、浮かんでは消えた。

「梓丸と、入れ替ったようなものか」

正成は呟いた。人は死に、人は生きる。ならば、生の証は生き残った者の中にあるのか。そうやって、人の生は次々と引き継がれていくものなのか。死を嘆くのは、もしかすると無意味なことなのか。

「殿、お仕度をなされませ。馬はすでに整っておりますぞ」

菅生忠村が、縁を駈けてきて言った。

死んだ父に会っても、なにもはじまらない。正成はふと、そういう気分になった。

「俺は、玉櫛に行くべきかな、忠村？」

「なにを言っておられる。楠木家の当主として、決めなければならないことは、山積しておりますぞ。とにかく、直垂《ひたたれ》を召されよ。気持を揺がしてはなりませんぞ。家が乱れるのは、こういう時なのですから」

自分が楠木家の当主。言われてはじめて、正成はそう思った。考えてみれば、そういうことになる。これも、めぐり合わせというものだろう。

「供は、祐清ひとりでよい」

「しかし、それは」

「ほかの者は、とにかくここにいて、赤坂村に動揺が走らないようにせよ。生きている者は、いずれ死ぬ。それが父上に起きただけのことだ。楠木家は、いまのままでなければならぬ。わかったな、忠村」

「御意」

「よし、玉櫛まで駈け通すぞ」

正成は腰をあげた。

3

二度目の旅だった。

山歩きにも野宿にも、すっかり馴れた。供回りは四条隆貞ほか二名で、そのうちの一名は法体だった。二人とも腕が立ち、特に法体の祐乗坊《ゆうじょうぼう》は、まるで人とは思えない速さで、山の中や道のない原野を駈け回る。兎などを獲ってくるのも、祐乗坊だった。

二人は叡山の中から仲円が選んだ者で、ともに忍びの技は身につけているようだ。寡黙で、命じられたことを淡々とこなす。

山は、秋の色を見せはじめていた。前回の旅は、伊賀、大和、紀伊を回った。四十日ほどの旅で、寺や民家に宿を請うたが、半分は野宿だった。そういう旅が好きだということが、歩きながら護良には自覚できた。寺の住持と法話を交わすより、田にいる農民と、農耕について話す方が、ずっと心がはずんだ。こんなところにと思う山中に、ちゃんと村があり、人の営みがある。獲物を求めて山を歩いている猟師もいれば、樵《きこり》や炭焼きをしている者もいた。荘園には当然領主がいるはずだったが、必ずしもそうとはかぎらず、数名の男たちが取り仕切っているところもあった。そういう男たちが、悪党と呼ばれる者であることも、護良ははじめて知った。六波羅は、悪党の追捕《ついぶ》の命令などをずいぶんと出していて、砦に拠《よ》る髭面の男たちを護良は想像していたが、そんな光景は一度も眼にしなかった。そして悪党が治める村の方が、農民はのびのびとしていて、豊かそうに見えた。

悪党とは、荘園領主に逆らった者たちである。荘園領主の背後には幕府があるわけだから、幕府に逆らっているということにもなる。もっとも、朝廷や寺社の領地となっている荘園も少なくなかった。

つまり悪党は、いまある理不尽に立ちむかい、理不尽を生み出しているものを毀そうとしている、というふうに護良には見えた。ただ、西の理不尽と東の理不尽は違っている。

だから、悪党同士はあまり結びつかない。

悪党がなにかということを、まだ護良は摑みきっていなかった。なにか、惹きつけられる力の存在を感じるだけなのだ。

「播磨に入って、もう三日目になります」

野宿の場所を決め、火を熾《おこ》して腰を据えると、隆貞が言った。

「今度の旅は、播磨と備前《びぜん》の国境まで、と御坊は言われましたが」

「そのつもりだ」

「摂津は、あまりお心を動かされなかったようですな」

隆貞の口調は、くだけている。そうしろと命じてあるからだ。法親王とも宮様とも、間違っても呼ばせない。ひとりの人間が旅をしている。それだけのことなのだ。

「摂津は面白かったが、想像とあまり違ってはいなかった。物が集まり、商人も多い。あの地を制することは、京を制することにもなろう」

しかし、秩序は乱れていなかった。摂津が大きく変ることは、これからもないだろう。朝廷や幕府がどうなろうと、摂津は摂津だという感じがある。

悪党には、わからないところが多すぎた。六波羅の追捕を、蹴散らすことが多かった。たとえ押し潰されても、名誉の悪党と呼ばれるほどの善戦をしている。

六波羅の軍は、関東の精鋭である。それと悪党は互角以上に戦っている。ずっと以前から、六波羅は悪党追捕を叫びながら、いまだ根絶できないどころか、むしろ勢力を大きくさせているのだ。

いま、悪党がなにかを変えようとしているのではないか。護良は、そうも思った。伊賀など、ほとんど全域が悪党の土地で、領主でさえ悪党と手を結んで六波羅に逆らったりしていた。

自分が悪党に眼をむけていることを、護良はまだ誰にも語っていない。

「播磨は、摂津と較べると、のんびりしておりますな。こういう民の姿が、御坊はお好きなのですか？」

「なにが好きと、考えたことはない。私はまだ、見はじめたばかりなのだ。見落とすものがないようにしようと、ただ心がけている」

「私は、こうして野山を旅することが、好きになりました。宮中も三千院も、息苦しいところだったのだと思います」

「それでよい。愉《たの》しまなければ、見えるものも見えてこない、という気がする」

京へ戻って、悪党のことは調べた。伊賀の悪党をどうやって討つかは、六波羅に課せられた難しい仕事だということはわかった。しかし、河内にも和泉にも、摂津、播磨にも、悪党の歴史はある。伊賀と違って、ふだんは静穏な状態だが、よく調べると数年に一度は、悪党が暴れている。それは持続する暴動ではないが、その後六波羅が完全に制圧したということもない。悪党もどこかで折り合いを考え、それがうまくつかない時にだけ、暴れるのではないのか。そして六波羅も、一時の暴動さえ押さえこめば、それでよしとしている。

護良には、多くの疑問があった。できれば、悪党と語ってみたいとさえ思っていた。伊賀では、領主の服部《はっとり》持法《じほう》や、悪党の金王《かなおう》盛俊と話す機会があったが、旅の僧を装っていたがゆえに、あまり深くは訊けなかった。

「陽が落ちる前に、飯にいたしましょうか。摂津で求めた干魚が、まだ残っております」

「野宿で食う飯も、いいものだと思う。思い返せば、宮中の飯が一番まずいな」

「私には、そのようなことは申しあげられませんが」

祐乗坊と四郎丸《しろうまる》は、黙々と立ち働いていた。野宿が好きになったのは、この二人のおかげでもある。実にうまい飯を作るのだ。干飯《ほしい》は水を加えて熱し、食べやすくする。干魚を焼いたり、兎を焼いたりするのも見事な手際だった。

「法体にあるものが、口にしてはならぬものばかり、食っているような気がする」

四郎丸が差し出した干魚を口に入れ、護良は言った。

「気がするのではなく、実際に食っているな」

「御坊は仮の姿。もともと、鹿の肉などがお好きだったではありませんか」

「まったくだ。かたちだけしか、私は出家しておらぬ」

護良が笑うと、つられたように隆貞も笑った。祐乗坊と四郎丸も、慎しやかに干魚を食いはじめている。

焚火のそばに横たわった。

月はないが、空は晴れていて、無数の星が散らばっていた。すでに周囲は闇である。

幕府を倒す、と父なる人は言った。

どうやって、倒すのか。南都北嶺を味方にするために自分は出家したが、奈良の興福寺や叡山の延暦寺に、どれほどの力があるのか。確かに兵力は蓄えているが、寺社に本気で幕府と闘おうという気があるのか。自分たちの要求を認めさせれば、それだけでいいのではないのか。

幕府に不満を持つ武士が、あまり当てにならないことは、昨年の騒動でよくわかった。よほど幕府が劣勢にならないかぎり、武士の一部が動くということはないだろう。

それでも、帝は立つ。ありとあらゆるものを利用して、幕府を倒そうとする。その闘いそのものは、間違っていない。闘い方が問題なのだ。このままでは、承久の乱の轍《てつ》を踏むことになりかねないではないか。

幕府を倒そうという帝の意志を、実現に近づけるのが、皇子《おうじ》たる自分のつとめだ、と護良は思っていた。しかし、やはり方法が見つからない。

いつの間にか、眠っていた。

眼醒めた時、護良はとっさに身構えた。十数名の武士が、近づいてきたのだ。祐乗坊や四郎丸は勿論、隆貞もすでに立ちあがっていた。

「ここで、なにをしていた？」

声を発したのは、先頭にいる直垂姿の武士だった。あとは雑兵《ぞうひょう》で、薙刀を持っている。

「見た通り、野宿をしていた」

隆貞が、いくらか上ずった声で言った。祐乗坊も四郎丸も、すでに殺気を発している。

「訊きたいことがある。同道して貰えぬか」

「どこへ？」

「ここは赤松《あかまつ》の領地だ。赤松の館に決まっておろう」

「騒ぎを起こしたわけではない。盗みを働いたりもしておらぬ。ただ旅の途中の野宿にすぎないのだ。咎められることはなにもない、と思うが」

「旅の僧にしては、得心がいかぬことがある。手荒なことはしたくない。大人しくついてきてくれぬか」

三十歳ぐらいだろう、と護良は思った。隙は見せていないが、あえて闘うという感じでもなかった。

「赤松とは？」

護良が訊いた。

「この地の地頭で、赤松円心《えんしん》という。不審な者は取調べるようにという、六波羅探題からの通達もあるのだ。なにもなければ、それで済む」

男の、落ち着いた眼ざしに、護良は惹かれた。それに、ここで抵抗することに、なにか意味があるとも思えなかった。

「同道しましょう。いやだと申しあげても、力ずくで連れていかれそうだ」

護良が頷くと、祐乗坊も四郎丸も構えを解いた。

赤松の小さな館まで、半里ほどだった。とても、地頭の屋敷とは思えない。庭に出てきたのは、三名だけだった。

「私は、赤松家の家人で、上月景満《こうづきかげみつ》という。訊いたことに、答えて貰いたい」

「その前に、こちらから訊きたいことがあります。赤松円心殿は地頭というお話でしたが、ここが地頭殿のお屋敷なのでしょうか？」

「地頭の館は、佐用荘《さよのしょう》にある。主力の兵も数百がそこにいる。ここは、赤松円心の家ということだ」

「わかりませぬな。なぜ、地頭の屋敷におられませぬ？」

「大きな家が、あまり好きではないのだ。半分は、隠居しているようなものだと思ってくれていい」

　赤松円心とは、赤松則村《のりむら》のことか。それならば、かつて悪党として暴れたことがある、と疑われていた。しかし播磨が六波羅の直轄に入ると、なんの抵抗もせずにそれに従った。京で調べたかぎり、そういう男だ。

「御坊らは、どちらへ行かれる？」

「さて、足のむくままというところですか」

「それでは、答にはならぬな」

「実際、そうなのです。諸国修行中の身ゆえ。御領内で野宿をしたことは、お詫びいたしますが」

　上月景満の眼は、じっと護良を見つめて動かなかった。

「供を三名も連れての、諸国修行か？」

「供と言われては、困ります。ただ同道しているだけのことで」

「私には、供に見えた。あるいは、主従に。そして三人とも、腕が立つ。いや、御坊もかなりの腕だ。ここにいる者を四、五名打ちかからせても、呆気なく倒されるであろう」

「俗世にいた時、私は武士でありました。出家して間もないので、まだそれが抜けきっていないのでしょう。まことの僧になるための、諸国修行と自分では考えております」

「武士ではないな。武士には武士の匂いがある。野伏りや野盗の類いなら、もっとよくわかる。悪党でもない」

「そして、六波羅の密偵でもありません」

「なんと？」

「六波羅の命で調べると言われたが、まことは六波羅の密偵と思われたのではないのですか？」

「なにを言う。われらが、六波羅探題の密偵を狩り出しているとでも言うのか？」

「いま時、六波羅の命を、まともに奉じる武士など、あまりおりますまい。どうも、おかしな言い草にしか、私には聞えないのです」

「御坊、ここは地頭の住居ですぞ」

激高させようとしたが、上月景満は乗ってこなかった。

「もし私が六波羅の密偵であったら、どうなさいます。斬りますか？」

「どうも、御坊はいまの立場をよくわかっていないようだ」

「景満」

不意に、縁から声がかかった。長身で痩せた男が、若い女と立ってこちらを見ていた。

「殿、お騒がせいたしました。館の外でやるべきでありました」

「よい。御坊に水を差しあげよ。あがっていただくのだ。諸国修行中とやら。ほかの土地のお話をうかがいたい」

「はい」

上月景満は、なんの抗弁もせず、脇に立っていた者に水を命じた。

桶の水で足を洗い、護良は縁にあがった。

通された部屋の板敷きには、茵《しとね》が二つむき合うように置かれていた。護良ひとりが入ることに隆貞はためらいを見せたが、なにも言おうとはしなかった。

護良は、茵に腰を降ろした。若い女が、椀の湯を運んできて、護良の前に置いた。湯を少し啜った時に、痩身の男が入ってきた。誰も連れていない。庭からも、人の気配は消えていた。

「頭の堅い男でございましてな。何事も、決められた通りにやらなければ気が済まぬところがあります。御坊には、御無礼つかまつりました。この館の主で、赤松円心と申します。

剃髪いたしておりますが、なかなか仏の弟子にはなりきれませぬ」

「京、山科《やましな》の安祥寺《あんしょうじ》の僧で、尊了《そんりょう》と申します」

旅の間、名乗っていた通りに、護良は名乗った。

「あえて名乗られることはございません。御無礼のお詫びをしようと思っているだけでございますから」

赤松円心の口もとが綻《ほころ》んだ。眼は、じっと護良を見つめている。穏やかだが、強い眼ざしだった。座った姿が、なんとも言えない気を湛えている。

この男は、悪党だ。護良は、なにか考える前に、そう直感した。それも、悪党の中の悪党だ。

自分が思うままに生き、闘う。眼の光に、そういう意志のようなものが、はっきり宿っているのを護良は感じた。

4

河内が掌の中にある。

正遠の死後の始末を終えた時、正成は不意にそう思った。いままでは、正遠の力の下で、河内の商いを拡げてきた。背後から自分を守っていた力はなくなったが、それは消えたわけではなく、正成自身の力となっていたのだ。弔問に訪れた土豪が、次々に誓紙《せいし》を差し出そうとしたこと自体、正成には意外な展開だった。

自分がやっていたことが、河内の土豪に認められていた。そういうことだとはわかったが、掌中の河内は実は厄介なものでもあった。官位もなく、地頭でもない。そういう人間が河内を制しているとなると、六波羅も看過しないだろう。

六波羅との密接な繋がりは、絶対に避けなければならないことだった。武士の権益を守ろうとする六波羅と、それを侵すことで大きくなった楠木とでは、たとえ一時的な妥協ができたとしても、根もとのところでは相容れはしないのだ。

しかし、六波羅と正面から対峙して、勝てるわけがなかった。負けない闘いは、できるかもしれない。金王盛俊が伊賀でやっている闘いが、まさにそうだ。ただ、そうやって闘うためには、いままで築きあげてきた商いの道は、ほとんど閉ざさなければならなくなる。闘いと商いを同時に進めることは、やはり至難だった。

土豪からの誓紙は、辞退した。それで土豪に不安が拡がるのを避けるために、弟の正季《まさすえ》に五百の兵を組織させ、玉櫛の南二里のところに、館をひとつ構えさせた。ただし五百の兵は三つに分け、館の東西一里のところに分駐させた。中央の館は二百の兵だけである。

百から二百の兵を抱えた土豪は、いくらでもいた。六波羅の眼は、それでくらませることはできる。玉櫛の館には、恩地兵衛がいて、これに若い桐山《きりやま》四郎《しろう》をつける。若いが温厚で、その判断力は正成も信頼していた。土豪の争い、商いの揉め事は、非公式ではあるがとりあえずここに集めさせる。

考えるのはたやすいが、実際にやるとなると面倒なことが多かった。五百の兵にしろ、父が養っていたもので、それほどの数がいるとは正成は知らなかった。いつも、五十とか百の単位で調練をやっていたからだ。

商いを正成に任せ、兵を養い、鍛えあげることに父は専心していた、ということがようやくわかったという気がした。玉櫛の館の武器倉に、三千人分の武具を蓄えていたところを見ると、もっと兵数を増やすつもりもあったのかもしれない。大兵を擁して、父はなにと闘うつもりだったのか。

「館の西の百五十は、武器倉に武器を入れて、農耕をさせろ、正季」

「それでは、せっかく鍛えあげた兵が、なまってしまいますぞ」

「百五十は、半年ごとに東の兵と交替させるのだ。館の二百も、まとめて動かすな。いままでのように、五十とか百で調練をすればよい。六波羅に睨まれることは、父上も警戒されていたのだ」

「赤坂村には、兵がほとんどいない、という状態になりますが」

「それでいい。俺は惣領だから楠木家の顔となるが、赤坂あたりで辰砂《しんしゃ》を掘って商いをしている、と思われた方がいいのだ」

「なんとなく、わかります」

「時代は、大きく動きはじめている、と俺は思っている。しかし、どう動くかはまだ見えん。それが見えた時、どうするのか。それも含めて、いまはじっと時の流れを見つめ、考える時だ」

父は、実に大きな力を河内で作りあげていたのだ、といまさらながらに思う。直属の五百の兵は無論のこと、誓紙を差し出すと申し出た土豪が三十名を超えていたのだ。なにか起きれば、四、五千の兵は動員できただろう。それは悪党の勢力としては強大なものだが、六波羅の力と較べると、大人と子供ほどですらない。豪放に振舞いながらも、父はそのことがよくわかっていた。

「兄上は、いずれなにかが起きると考えておられるのですね？」

「起きぬわけがない。各地で、悪党が蜂起している。朝廷も、幕府に対抗する動きを見せた。なにかが終り、別のなにかがはじまろうとしているのだ」

「俺は、戦のことしかわかりません。兄上がなにかなさろうという時のために、しっかりと兵を鍛えておきます」

「おまえの下に、神宮寺小太郎と志貴《しき》長晴《ながはる》をつけよう。この二人には、兵と馴染んでいて欲しいからな」

「赤坂村に、誰もいなくなります」

「それでいい。六波羅が楠木家を探ろうとしたら、まず俺だろうからな。辰砂の鉱山は恩地左近《さこん》が差配する。俺には、菅生忠村と寺田祐清がついていればいい」

「兄上も、旅ばかりされず、時には調練に加わってください。まことの大将が誰なのか、兵たちも知っておく必要はあります」

「これからは、そうしよう。月に一度は、俺も調練に顔を出す」

「父上がやっておられたことの、半分しか俺にはできないと思いますが」

「心配するな、正季。小太郎と長晴もいる」

二人を出せば、赤坂村は手薄である。手薄であっていいのだ。赤坂村どころか、いま河内が対立している強大な敵はいない。

冬から、翌年の春にかけて、正成は寺田祐清と加布、尾布の兄弟だけを伴い、河内の中を歩き回った。知り尽した土地であるがゆえに、どんな小さなことでも、なにか変化があれば、すぐにわかる。

桜が散るころになると、和泉や伊賀にも足をのばした。商いの規模は、自然に大きくなっている。取引をすれば利が出る仕組みを、きちんと作っているからだ。和泉の馬借や船頭、そして土豪たちまでが、正成との関係を深めていた。瀬戸内海からの海運の利が大きくなり、それに少しでも食いこもうとしているからだ。数年前から、瀬戸内海の海賊衆を正成はしっかり押さえていた。

畿内での、悪党の蜂起は続いた。しかし、まとまった動きにはなっていない。伊賀の金王盛俊は相変らずで、御家人であるはずの服部持法も、いまではほとんど悪党と言っていい。服部一族の元成《もとなり》のもとには、腹違いの妹彩《あや》が嫁いでいる。

すべてが順調だったが、六波羅の一撃で崩れてしまう脆さは、どうしようもなかった。圧倒的な兵力なのである。

摂津長洲荘《ながすのしょう》（尼崎《あまがさき》）で、小さないざこざが起きたのは、夏の盛りだった。播磨から運ばれてきた荷を、通す通さないという、商人同士の諍《いさか》いだったらしい。ただ片方に武士が出てきたので、館の西にいた兵のうち二十名を連れ、正季が出ていっていた。

「捕えられたか」

加布の報告を聞き、正成はにやりと笑った。播磨を調べていた尾布の報告もあり、なんとなく見えてくるものがあった。

「祐清、正季を返して貰いに行こうか」

「兵を連れなくて、よろしいのですか？」

「必要ない。むしろ、単身の方がいいのだ」

　正季が捕えられているという長洲荘の館には、赤松円心の長子範資《のりすけ》がいた。播磨では、六波羅に運ばれる荷が、悪党に襲われ強奪されるという事件が起きている。赤松円心という男が、まだぼんやりとだが姿を現わしはじめていた。ここで、もう少しはっきりと円心を見たいという思いが、正成にはある。

　祐清だけを連れて、馬を走らせた。二十名しか兵を連れていかなかったというのは、正季にしては上出来である。なにか、感じることがあったのだろう。しかも、激しく争うこともなく単身で捕えられた。

「館の内部の兵、ほぼ百名」

　途中で、加布が報告してくる。赤松円心自身も、館の中にいるらしい。

　知らせを受けた日の夕刻前には、長洲荘に到着していた。

　赤松範資の館は、ちょっと見ただけでは大きな商家としか思えない。濠《ほり》も塀もなく、土壁の建物が四角に建てられているだけだ。ただ、建物に囲まれた中庭には、結構な広さがある。建物を防壁にして、砦にもなる造りだった。材木が剝き出しになっている部分が極端に少ないのは、火攻めに対する備えなのだろう。

つまり、悪党がしばしば村の端に設ける建物と、発想が似ていた。正成は建物を見てにやりと笑い、祐清を外に残して入っていった。商家の装いだから、入口から中庭にむかうのに、それほどの防御はない。四人の使用人らしい男が、ちょっと距離を置いて囲んだだけだった。

「河内赤坂村の、楠木正成という。赤松範資殿にお目にかかりたい。なんでも、弟の正季がこちらに御厄介になっている、という話でしたので」

中庭には、十人ほどの武士がいた。庭といっても、なにもない。中央に井戸がひとつあるだけだった。

板戸が開き、男が二人縁に出てきた。ひとりはまだ若い。もうひとりは剃髪し、眼に静かな光を湛えた、痩せた男だった。

「赤松円心です」

率直に言って、男は庭に降りてきた。

「ひとりで来られたのですか、楠木正成殿?」

「ひとりです。外に、供の者を待たせておりますが」

「床几《しょうぎ》を」

赤松円心は、正成を見つめたままそう言った。床几が二つ、むき合って置かれた。円心が、自分で井戸の水を汲みあげ、小さな桶に移して持ってきた。中庭の武士たちが姿を消した。

「赤坂村から、駈けてこられましたか。よろしければ、のどを潤されるとよい」

柄杓《ひしゃく》がついている。正成はちょっと頭を下げ、桶の水を掬《すく》った。

「お互いに、悪党。余計な言葉は必要ありませんな」

円心の声は、低く静かだった。水を飲み、正成は軽く頷いた。播磨でも、悪党が年貢米を奪ったりすることが、時々起きている。奪ったものは摂津に運ばれているのだと、はっきりわかった。そうやって、この男も自分の存在を六波羅の眼からそらしている。

「播磨には、寺田方念という悪党がおりましたな。私は、寺田方念の六波羅との戦を見たのです。あの時から、播磨は悪党の国であろう、と思っています」

「いまは、伊賀に金王盛俊がいる」

「ともに、六波羅からよく見える悪党ですな。赤松円心殿や私は、見えないようです。いや、見えるようなことはしていない。六波羅に逆らわなければ、それは悪党ではないのかもしれませんから」

「しかし、悪党です。楠木殿も私もだ。ただ、いままでの悪党では、先が見えている、ということをよく知っている。違いますか？」

「知ったところで、どうなります、赤松殿？」

「さて、そこですな」

「悪党同士の連合では、あまりに利がぶつかり合いすぎる。今度のことが、いい例でしょう。人は利だけで手を組むものでもないでしょうが、やはりそれは大きい」

「悪党らしく生きる。それはどういう生き方なのだろうか、楠木殿？」

「闘って散る。寺田方念のごとく」

「それは死に方だな。生き方ではない」

「だから、私は待っています」

「なにを？」

「それがよくわからないところが、私の悩みですな」

正成が笑うと、円心も口もとを綻ばせた。

「人には、秋《とき》というものがある。その秋《とき》を得るまでは、待つのが賢明でしょう、楠木殿」

「待ち続けて生涯を終える。これでは、悪党の生き方にはなりませんな」

「楠木殿は、まだお若い。私のような老骨より、待てる時は多い、と思います」

「拠って立つなにか。それを、ただ待つだけでよいのか、と考えることもあります」

「そのなにかが見つかれば、悪党は幕府ともむかい合える、と言うのですな」

円心は、六波羅と言わず、幕府と言った。確かに、六波羅探題は、京における幕府の出先にすぎない。しかし畿内の悪党は、これまで六波羅と闘うことだけを考えてきたのだ。幕府と闘うというのは、はっきりと武士の勢力とぶつかるということだった。

つまり、いまの世でどう生きるかということではなく、新しい国を作ることができるかどうかだ、と円心は言っている。それは、正成が漠然と心に思い描いていることでもあった。

武士の勢力は、途方もなく強大である。そして悪党は、拠って立つなにかも持たず、ただ暴れ、あるいは息をひそめているだけではないか。活路が、どこにある。その自問も、正成はいままでに何度もくり返していた。

「時に、正季殿のことですが」

「お恥しいかぎりです。ただ正季も、悪党である円心殿とは、無理に争う理由はなにもない、と考えたのだろうと思います」

「自分が捕えられることで、騒ぎを終熄《しゅうそく》させようとされた。武士ならば面目にこだわったでありましょうが、正季殿は賢明な道を選ばれた」

正季は、血の気が多い。それを鎮めるだけのものを、赤松円心は持っていたということだろう。

「こんなことがなければ、楠木殿と会い、言葉を交わすこともなかったかもしれぬ。播磨と河内は、近いようで遠い。お互いに知り合っていれば、その隔りもなくなるという気がします」

円心がちょっと手をあげると、板戸が開き、正季が出てきた。別に縄をかけられているわけでもなく、太刀も佩《は》いている。

「また会えますな、楠木殿。同じ秋《とき》を得ることができたらですが」

見つめてくる円心の眼に、正成は頷き返した。

館の外に出ると、馬を曳いた祐清が、ほっとした表情で迎えた。

「申し訳ありません、兄上。無様な捕えられ方をしてしまいました。おまけに引き取りに来ていただくなど、まるで童《わらべ》です」

「円心と俺と、会わせたかったのか、正季？」

正季は、しばらく黙っていた。摂津は人が多い。前を荷駄が行くので、正成はゆっくりと馬を歩かせた。

「どういう方法も、とれました。あそこでぶつかり合うことも、一度退《ひ》いて、河内から兵を呼び寄せることも、もっと有利な掛け合いをすることも」

「おまえは、ただ捕えられた」

「掛け合いをしている間に、赤松円心という男と兄上は、会っておくべきではなかろうか、と思ってしまったのです。伊賀の金王殿とはまた違いますが、本物の悪党だと俺は思ってしまったのです」

「おまえも、人を見る眼ができた、ということではないか」

「赤松円心に会ってよかったと、兄上は思ってくださいますか？」

「おまえが、短気を起こさなくてよかった、と俺は思っている。どんな方法もあったとおまえは言ったが、どんな方法でも負けていたぞ」

「やはり、そうでしょうか」

「負けるとわかっていても挑んでいく。それがおまえだと思っていたが」

「父上が亡くなられてから、俺は誰を見ていればいいのか、わからなくなったんです。しばらくして、兄上を見ていればいいのだ、と思うようになった。兄上ならどうされるか、とまず考えるのです」

「俺は、臆病だからな。事を構えるのも、好まん。そんな俺を真似て、おまえが自分の牙を抜くことなどないのだぞ」

「兄上は、臆病ではありませんよ。幼いころから一緒に育ったのです。そんなことはわかります。牙を隠している。剝き出す時まで、決してそれを人に見せようともしない。それが兄上ですよ。父上とは、性質が違うな。俺は、いつか兄上が牙を剝く時がある、と思っています」

「誰に対して？」

「さあ。それが見えないから、兄上は牙を隠しておられるのではないのですか？」

「抜けてしまったことを、隠しているのかもしれん」

「父上が亡くなられてから、河内はまた少し変りました。充実したというのかな。楠木家が大きくなったとは思えないのに、間違いなく強くなっている。ほんとうの強さは、兵の強さだけではない、ということぐらい俺にもわかります」

いつか秋《とき》を得る。それがほんとうにあることなのか。悪党は、所詮悪党として生き、滅びるしかないのではないのか。

正季は、兄の自分を拠りどころにしている。それは、それでいい。しかし自分は、なにを拠りどころにすればいいのか。河内からもっと商いを拡げ、力をつけることはできる。その力で、闘うべき相手はどこにいるのか。

「兄上、幕府というのは、ほんとうに強いものなのでしょうか？」

「強いなあ」

正成のところには、全国を回っている猿楽《さるがく》の一座が、さまざまな情報を持ってくる。北条家が支配する幕府に、強い不満を抱いている武士が存在することも、知っていた。しかし、そういう武士が、まとまって立ちあがろうとする気運は、まるでない。

二年前、京の帝はそういう不平武士を集めて、幕府に対立できる力を持とうと企てた。企てただけで、動いた武士はほとんどいない。幕府に勝てるわけがない、と思っているからだ。

鎌倉では得宗《とくそう》（本家）の北条高時《たかとき》が気紛れに出家し、一門の金沢貞顕《かなざわさだあき》が執権《しっけん》に就任して、混乱が起きているという。しかし、その機に乗じて幕府を倒そうという武士は、ひとりも現われていない。

「正季、俺はしばらくはこのままだぞ。商いのために鼠のように駆け回り、怯えながら六波羅の眼の色を窺い、ささやかな力を蓄える。それしか、いまのところ生き方が見えないのだ」

「兄上がきちんと考えておられるなら、それで充分。六波羅となにかあれば、この正季の首を差し出されればよい。俺の首で役に立てばの話ですが」

「俺が、おまえを死なせるだと？」

「一族を守るためには、それもやむなしと申しあげているのです。兄上の肩には、一族の命運が乗っておりますからな。俺には、とてもできません。死ぬことになっても、俺は兄上に同情していると思います」

「勝手に、つまらぬことを言っていろ」

淀川《よどがわ》を、渡らなければならない。楠木家の仕事をしている船頭も、かなりいる。そこの船に馬ごと乗ればいいだけのことだった。淀川は、京への物流の八割を担っていて、ここに関などを設けると、たちまち停滞する。六波羅は警備こそしているが、あまりうるさいことも言わなかった。

「ところで、兄上。俺は確かに、兄上と赤松円心は会った方がいいと思いましたが、赤松円心もまた、兄上と会おうとしたのではありますまいか。よくよくあの時の動きを見てみると、どうもわれわれにぶつかろうとしたように思われます」

それは、正成も考えていた。円心のやり方は、巧妙だが大胆でもある。

悪党較べか、と正成は思った。そしていつか、円心と同じ秋《とき》を得ることができるのか。予感はある。それも、遠くないという気がする。霧を抜ければ、視界が開け、虹を見ることも山ではよくあるのだ。

和泉にのばした力を、摂津にまで及ばせる。大和の南にも、力をのばす。秋《とき》を得るまでにやることが、まだ多くあった。円心も、正成とは違うかたちで、力を蓄えているだろう。

「忙しいな。梓丸と遊んではおれん」

正成は呟いた。梓丸は、もう歩く。そして比佐はその腹に、次の子を宿していた。

5

三千院梶井門跡を継承し、護良は門主となった。昨年の十一月である。その前に、弟の宗良が妙法院の門跡を継承している。もうひとつの門跡である青蓮院《しょうれんいん》にも、父なる人は大きな力を持つようになった。

三つの門跡から、叡山をかためていくという策は、実りつつあった。叡山を朝廷の勢力に取りこめば、南都（奈良）の興福寺も動かざるを得ないだろう。南都北嶺を取りこんだあと、父なる人はなにを考えているのか。すぐに倒幕の兵を挙げるには、まだ決定的に力が不足している。

朝廷には人の出入りが多いようで、その一部は三千院にも現われた。意思疎通をしておこうという帝の気持はわかるが、現われる公家や僧はいかがわしい者たちばかりだった。時流を見る眼が、決定的に欠けているとしか思えぬ者が多かった。綸旨《りんじ》さえあれば、兵は集まると考えているのだ。過去から学ぶということを、誰もしていない。

門跡を継承してからの一年間、さまざまな行事に時をとられ、旅をする暇はなかった。その分、護良は僧兵の調練に明け暮れた。門主となってからは、仲円もそれを止めようとはしなかった。三千院に、叡山ほどの僧兵はいない。ちょっと変った門主だ、と思われる程度で済みそうだった。

三度の旅の、成果は大きかった。

いままでに見えていなかったものが、確かに見えた。武士の支配を断ち切らないかぎり、帝がこの国の支配者であることはできない。それが、はっきり見えた。武士の力が、どうしようもなく強いことも、はっきり見えた。武士の支配を断ち切る以外にないのだが、方法だけが、いつまで経っても見えてこない。勤行の時も、考えているのはそのことだけだった。一年以上、考え続けてきたということになる。

旅の供であった、四条隆貞、祐乗坊、四郎丸の三名は、その後も何度も旅に出した。旅がままならない自分の、眼にするためである。

畿内一円のことは、ひと通り護良は摑んでいた。関東とは違い、武士の支配に綻びが出ている。悪党の動きが、それである。

悪党がなんであるのかも、調べ、考えた。明確に、反幕府の力である。しかも領地に拠って、それを安堵されることの代償として、戦に兵を出したりはしない。悪党の生き方はさまざまで、伊賀の悪党のようにある地域を守ろうとする者もいれば、赤松円心のように、一応は幕府に従うかたちをとりながら、ひそかに力を蓄えている者もいる。

悪党の力がさらに強くなるだろうということは、幕府の御家人同士の争いなどを見ていると、確信に近いものになってくる。

しかし、各地に散在している悪党を、ひとつにまとめるのは至難だった。

やがて寒くなり、また年が明けた。

「則祐《のりすけ》を、私につけて貰いたい」

護良は、仲円にそう頼んだ。昨年僧兵に加わってきた、赤松円心の三男である。円心がなぜ、三男を出家させ、三千院に送りこんできたのかは、わからない。あらゆるところに手をのばしておく。円心の悪党ぶりにはそういう周到なところがあったから、皇子たる自分のところにも、人を送りこんできたのかもしれない。

播磨の旅で、赤松円心とは四日一緒に過した。赤松村の、小さな円心の家であった。そこで護良は、民のことを語った。武士を養うために、民がいる。それは間違いではないのか。民を守るために武士がいる、というのがあるべき姿ではないのか。なぜ、そうなってしまったのか。武士が、すべての支配権を握ってしまったからだ。朝廷とは別に、幕府などというものを作り、武士のための政事をはじめたからだ。

この国には古来から帝がいて、朝廷というものがある。政事をなすのが、なぜその朝廷ではないのか。

円心はほとんど、腕を組んで聞いているだけで、自分の考えは言わなかった。年齢がそうさせる用心深さだろう、と護良は解釈し、遠慮することなく、以前からの疑問を口にし続けた。

仲円に頼んだ翌日、赤松則祐が、僧房から護良のいる庫裡《くり》へ移ってきた。そこは御所とも呼ばれていて、八名の僧が護良の身の回りを見ている。その八名の中に、則祐が加えられたのだ。まだ十五歳だった。はじめのひと月、小寺頼季《こでらよりすえ》という、叡山で修学していた武士がついていた。赤松の一族に連らなる者だという。小寺頼季が叡山に戻ると、則祐はひとりきりになった。

「おまえをそばに置くのは、赤松円心の代りだと思え。父とは、連絡を絶やすな。父子が書簡を交わすことに、なんの不思議もない。その中に、私のことも書いておくのだ」

「はい、そういたしております」

父になんと言いつけられているのか、護良は訊かなかった。とにかく、円心は息子をひとり寄越したのだ。

播磨の旅で四日ともに過した円心は、護良が何者であるか気にしているようではなかった。護良も、名乗りはしなかった。しかし三千院に戻ってふた月経ったころ、小寺頼季に伴われた則祐が、やってきたのだ。播磨でともに過した時から、円心は護良が親王であることに気づいていたに違いなかった。

「楠木正成という男を、知っているか？」

居室で二人だけになった時、護良は則祐に訊いた。

「はい、河内の悪党で、物流や交通に大きな力を持っている、と父の書簡にありました。小さな館で慎しく暮しているが、その持つ力は一国の守護にも匹敵するであろうと」

「それを、円心がおまえに書いて寄越したのか？」

「はい。私に教えたということは、いつか法親王にもお伝えするように、という父の意思があったのだと思います」

祐乗坊や四郎丸が、事あるごとに河内の報告をしてきた。物流が大きくなり、それを辿れば、大抵は楠木に行き着くというのだ。楠木正成という名は、ずっと護良の頭の中にあった。

「兵の数は？」

「わかりません。館には、家人、下人を含めて七、八名とか」

「ふむ」

三度の旅で、さまざまな人間に会った。第一の収穫は、赤松円心に会ったことだろう。ほかにも、伊賀の悪党、金王盛俊や服部持法と会ったし、大和の土豪で心に残る者たちも数人いた。河内では、確かに楠木という名は耳にした。楠木正遠といい、五、六十の兵をいつも調練しているという話だった。正成という嫡男がいて、辰砂を採掘し、大きな利をあげているという話も耳にした。正遠は一昨年死に、正成が家督を継いでいる。

河内は通ったが、会う機会はなかった。あの時の当主は正遠であったし、五、六十の兵を抱えた悪党か小土豪としか思えなかったのだ。

「そのほかに、円心はなんと書いてきている」

「昨年の夏に、楠木正成に会ったようです」

「それで？」

「その器量、測り難しと」

会っておくべき男だったのかもしれない。しかし、摂津や河内は、京から近すぎた。できるかぎり遠くまで足をのばしたい、ということだけを旅の間は考えていたのだ。

それ以上のことを、則祐は円心から聞いていないようだった。

十五歳で僧房に入った則祐を、護良はずっと見続けてきた。学識があるというほどではなくても、学問はできた。戦の調練になると、これが十五歳かと思うほどの、剛胆さを見せた。まだ幼いところがあり、策を弄することを知らないので、調練ではよく罠に嵌《は》められ、負けて口惜し涙を流していた。剣の相手では、こちらが手加減できないほどの激しさも見せた。

則祐を気に入った、と言ってもいいだろう。自分が気に入るような息子を、円心は選んで送ってきたのかもしれない。

赤松円心が味方についている、と護良は思わないことにしていた。親王である自分に、ただ関心を持っただけなのかもしれないのだ。自分に合った生き方しかできない。それが悪党というものだ、と円心は言っていた。

誰かに声さえかければ、それが即ち味方になると思いこむのは、父なる人の悪い癖だった。それで、つまらない人間も朝廷に集まってくる。帝の言葉が、いまそれほどの力を持っていない、と護良は思う。親政と言ったところで、幕府の統治のもとで、わずかばかりの権限を与えられているにすぎないのだ。

力はないが、権威は認められている。その権威を、力と錯覚するところから、すべての失敗ははじまるのだ。朝廷を離れてから、護良はなんとなくそれが見えてきたような気がした。

いま、なにをなすべきか。

それを、父なる人はほんとうに考えているのだろうか。この国を統治したい。帝だから、当然統治すべきだ。それだけを、考えているのではないだろうか。

なにをなすべきか。それは、帝の周囲の人間が考えればいい。有能な廷臣が、まったくいないわけではない。なにより、皇子たちがいる。兄の世良《よよし》と尊良《たかよし》がいる。弟の宗良もいる。さらに弟たちも次々に生まれているではないか。

皇太子となるのは、世良だろう。並みの器量でないことは、護良も知っている。おまけに、朝廷一の学識を持つという、北畠親房《きたばたけちかふさ》が幼いころからついている。

先帝の嫡孫であった皇太子の邦良は、昨年三月に死んだ。世良が皇太子となり、いずれ帝となっていくのは、確実なことだろう。自分は、帝となった世良も補佐することになる、と護良は思った。

ならば、自分はなにをなすべきなのか。

いまのところ、叡山を朝廷側につけるための、道具のようなものにしかすぎない。それだけではないなにかを、やるべきではないのか。

護良は、二十歳になっていた。この三年ばかりは、皇子として宮中で育った時より、驚くほど短かったという気がする。あらゆることを考え、旅もした。宮中にいる時より、ずっと多くのものを、三年の間に吸収したという気がする。

「十五日の間、御堂に籠りたいのだが、仲円」

門主となってからは、仲円に対する言葉遣いも変えなければならなくなっていた。変化といえば、それぐらいのものだ。

「まことに、籠られるのですか、御門主？」

「そのつもりだ。考えなければならぬことが、多くあるという気がする」

「まだ、寒いと思われますが」

「気にするまい。身の回りは則祐ひとりにさせ、私はひたすら仏とむき合って、考え続ける」

「籠ったことにして、旅に出られるというわけではないのですね」

「いずれまた、旅にも出てみたい」

「これまでほど長い旅は、許されますまい。それに、もう漫然と旅をする時ではありません。旅に出られるなら、はっきりした目的をお持ちになるべきです」

「旅にも、出られるのだな」

「一年余、御門主は外に出られておりません。そろそろお出ししたいと思っておりましたが、以前のように、ふた月も三月もというわけには参らぬでありましょう。せいぜい十日」

「天台座主となり叡山に登ったら、旅はできまいな」

「まず、無理でございましょう」

「ならば、仲円が与えてくれる十日の旅を、私は大事にしよう。旅でなにをやるべきかも、御堂に籠って考えてみる」

「わかりました。そのように、取り計います」

三千院の冬には、もう馴れていた。いつも炭火があった、宮中での冬の暮しの方が遠い。躰も、だいぶ大きくなった。

「天台座主に昇る時は、帝にお目にかかる。その時、私は自分の考えを、しっかり語れるようになっていたい」

勤めなければならないことがあり、御堂に籠ったのは五日後だった。

板戸を閉ざし、光もほとんど入らないようにした。朝夕に、則祐が粥と湯を運んでくるだけである。横になって眠ることもせず、座したまま眠った。

はじめの数日は、荒々しい思いが何度も躰を突き抜け、呻き声をあげていた。それが鎮まると、落ち着いてものを考えられるようになった。帝のこと、朝廷のこと、政事のこと、この国のあるべき姿。戦とは、なんなのか。帝にとり、公家にとり、武士にとり、そして民にとり、戦とはなんなのか。考えるべきことは、無限にあるような気がした。いくら考えても、答が見つからないことの方が多い。それでも、考え続けた。

心が透明になった。澄んでいる、ということだけが自覚できた。時の移りは、わからなくなった。

「十五日目でございます」

則祐の声がした。

最後の数日は、粥もとらず、湯も飲まなかったようだ。立ちあがり、光の中にむかって歩いた。光と思ったのは篝《かがり》の火で、外は夜だった。しかし明るい。なにか、不思議な明るさだ、と護良は思った。

すべてが雪に包まれていることに、護良ははじめて気づいた。

6

三十が、右へ右へと回った。

中央に、正季の大きな躰が見える。兵の動きは、さすがに悪くない。正季が、自信を持って選び出した兵だ。

正成は、久しぶりに兵の調練に立合っていた。立合うというより、半分の兵を指揮して、正季の三十と闘っているところだ。

　正季の動きを見定めるまで、正成は兵を小さくかたまらせただけで、まったく動かなかった。包囲。それを狙ってきている。こちらが小さくかたまればかたまるほど、正季はその誘惑に駈られるはずだった。

　背後の丘の木。その木に、先に五名が取りついた方が勝ちである。武器は、薙刀と太刀の長さの棒だけで、正季はほとんど薙刀の長さのものを選び、正成は太刀の長さのものを持たせていた。

　正季の隊が、二つに分かれた。両脇から、押し包もうという気なのだろう。そして丘の木と正成の隊の間を遮り、五名が一気に丘を駈け登る、という策だ。

　正成は、小さくかたまったまま、三十名を駈けさせた。丘を背にする方向である。正季の隊が止めようとするのも、突破した。正季の隊は、長くのびている。突破すると、三十名を全員反転させた。正季の隊にむかっていく。いや、見ているのは、その背後にある丘だ。まだ長くのびたままの正季の隊を、再び突破した。半数の十五名を反転させる。残りの半数は、丘にむかって駈ける。迂回した正季の隊の一部が、二度追いつきそうになった。そのたびに、五名ずつが残って止めた。

　木に取りついた五名が、棒を突きあげて声をあげる。

「負けたな、兄上に」

兵を集めると、正季は口惜しそうに言った。神宮寺小太郎と志貴長晴は観戦していて、兵の動きなどを盛んに紙に書きこんでいた。

「やっぱり、軍学を学んでいると違う」

「そんなことはない、正季」

正成は、指揮していた者たちを集めた。五人単位で指揮者がいて、それが二つで組んだり、三つで組んだりして動くように調練されている。

「いまの調練は、平場《ひらば》の戦のものだった。実はこれは、俺たちにはできん。坂東《ばんどう》の武者は、平場の懸け合いを得手《えて》としている。騎馬も多く、動きは速い」

全員が、草の上に腰を降ろしていた。

「俺が、得物に短い棒を選んだ理由がわかるか、正季？」

「山や林の中での戦を、考えたからですか。そういう場所では、長い得物は不利だ」

「そうだ。これからの調練は、短い棒でやれ。そして、武士の戦をしようと思うな」

「武士の戦でないとすると？」

神宮寺小太郎が、身を乗り出してくる。

いままで、こういう調練をくり返し、確かに兵は強くなっている。父が、こういう戦が好きだったからだ。

「たとえば俺たちが戦をするとして、最も手強いのは、小太郎？」

「それは、六波羅軍との戦です」

「まともに闘えば、まず勝てぬ。兵力が違いすぎる。それに、むこうのやり方で闘うことになる。俺らは、もっと無様でいいのだ」

「無様とは、どういうことですか、兄上？」

「武士は、なかなか無様になりきれん。そこが弱点と言ってもいい。俺らは、無様に山に逃げこむ。そこで、木を倒したり、岩を落としたりする。使えるものは、すべて使う。草も木も、岩も土も水も。手が石に触れたら、飛礫《つぶて》にしろ。泥沼があったら、飛びこめ。武士の具足は重い。そういう場所では、俺たちの方が有利だ。およそ武士が考えつかないようなやり方で、闘うのだ」

「それが、無様ということですか」

「悪党が、各地で闘っている。伊賀を見ろ。六波羅の軍勢が来たら、全員が農民の姿になる。闘う時は、あらゆるものを利用する。それで、六波羅はてこずっているのだ。山さえ味方にすれば、俺たちは闘えるはずだ」

「なるほど。確かに、六波羅の軍とまともに闘うのは、得策ではありません」

「だからこれから、調練のやり方を変えろ。山にあるすべてを味方にするのだ。そうすれば、たとえ六波羅が数万の軍を動員しようと、俺たちにも勝機はある」

「飛礫を打ってもよいのですか、殿？」

「それをやってはいかんと言っているのは、武士だけだ、長晴。だからこそ、飛礫は武士に対して威力が出る。なにしろ、石が飛んでくるなどとは、想像してもいないのだからな。俺はいままで、悪党の戦をじっと見てきた。武士のやり方で闘えば、善戦しても負ける。それが痛いほどわかった」

　正季が、山でどういう調練をすればいいか訊いてきた。

「猟師になれ。樵になれ。たとえばということで俺は言っているのだが、学ぶことは多いはずだ。きらびやかな具足なども、必要ない。薙刀もだ。代りに猟師の技を、樵の知恵を身につけろ。それを、俺たちの軍学にしてしまうのだ」

　実際、武士と闘う方法として、正成はそれしか考えつかなかった。ただし、武士と闘うとすればだ。戦など、しない方がいいに決まっている。

「ひとつひとつ、身につけます、兄上」

「山のことは、山の民から学ぶのが一番いい。せっかく兵がいるのだから、そういう力をつけさせよう」

「時々、赤坂村を襲いますぞ、兄上。あそこは、平地から攻める軍には強いが、山から攻められると逆に弱い。もっとも、六波羅の軍は山からは来ないでしょうが」

無理な調練も、やめさせることにした。どんなふうにでも木は倒せる。農民の身なりをしたら、もうそうとしか見えない。そういう闘い方を身につけておけば、六波羅に完全に潰されてしまうことがないのは、金王盛俊が証明していた。

「時代は、動いているのだと思う。俺らがこうして飢えもせずに生きていけるのは、時代が動いているからだ。これからどう動くか、誰にもわからん。いまのところ、河内で生きる者は、富んでいる。しかし、それがいつまでも続くと、誰が言えよう。いいな、無様になることで、俺たちは自分を守ろう」

全員が、頷いていた。

兵の調練は、これからも正季に任せていくしかなかった。正成には、街道の差配や、物を動かす仕事がある。それも河内だけでなく、畿内全域に拡がりつつあるのだ。

赤坂村の館は、静かなものだった。一応はここが楠木の本拠ということになっている。河内全域が本拠だと正成は思っていたが、人は正成の館を本拠と見る。

家人が少ないので、いつも菅生忠村は忙しそうにしていた。玉櫛の、恩地兵衛のもとに持ちこまれた揉め事で、解決できないものは赤坂村に回されてくるのだ。正成は旅に出てばかりだし、寺田祐清と加布、尾布の兄弟は、大抵それについている。恩地左近は、辰砂の鉱山の管理で忙しかった。

　赤坂村にいる時は、正成は常に忠村の愚痴を聞かされている。黙って聞いてやれば、忠村も気が済むのだ。

　比佐は、二人目の息子を生んだ。嵐丸《あらしまる》と名づけた。梓丸が生まれたときのような戸惑いはなかったが、心がふるえるような喜びは同じだった。そうやって、小さな幸福をひとつずつ得ていく。人の営みとは、そういうものではないのか。

　梅雨の終りに、大雨が降った。

　川の水が溢れ、田が水に浸った。正成は報告を受けると、地形を描いた絵図にしばらく見入った。どこをどうすれば、田に溜った水が抜けるのか。

「よし」

　正成は叫んで直垂を脱ぎ捨て、褌《ふんどし》ひとつになって外に飛び出した。

「ついてこい、みんな」

　立ち尽して、水浸しになった田を眺めている男たちにむかって、正成は大声を出した。正成だと気づいた者たちが、三人四人と走ってついてくる。雨はとうにあがり、陽が照りつけていた。

田の一カ所の畦《あぜ》を崩し、原野の中に溝を掘っていった。追ってきた者たちも、泥まみれになって手伝いはじめる。溝を掘ると、それを川に繋げた。

「ここはよ、水が出た時に田が潰れたところだ。潰れたってことは、ほかより低いってことでな。これで畦を次々に切れば、水は溝に流れて川に戻る」

正成が言っても、農民たちの表情は半信半疑だった。それでも、裸の正成が泥まみれになっているので、みんな手伝った。

畦を切っていった。ほとんど高低の差がないように見えるのに、水が溝をゆるやかに流れはじめた。農民たちは歓声をあげる。このまま水浸しだと、せっかく育ちかけた稲が駄目になる。

「ちょっと、尋ねたいのだが」

僧の一行が、声をかけてきた。ひとりだけが水干を着ていて、あとの三人は墨染め姿だった。四人とも、まだ若い。その中でも特に若いひとりの僧の眼を見て、正成は不意に胸を衝かれるような気分に襲われた。

「なんだね？」

「このあたりに、楠木正成様の館があるという話なのですが？」

「なんの用だね？」

2022 2 中公文庫 新刊案内

死の陰謀

オッドアイ

渡辺裕之

特戦群時代の親友・田村がスリランカで行方不明!? 同日に起きたテロと誘拐。二つの事件は偶然か、それとも――。人気シリーズ第七弾！

●814円

死香探偵

真心は捧げられた死と香る

喜多喜久

書き下ろし

「死香」研究のため同居する風間と潤平。だが風間は姉に「潤平を研究材料だと考えている」と指摘され……。人気シリーズ第五弾！

●726円

新装版 マンガ 日本の歴史 23 旧石器人の登場と縄文時代の幕開け

石ノ森章太郎

全27巻 以下続刊

日本列島に現れた人類は、火を操り石器を作り使って氷河時代を生き抜き、およそ一万二千年前、温暖化とともに定住生活をおくる新石器時代が始まる。

●924円

松山・道後 十七文字の殺人

西村京太郎

「二人が死ぬ」「怨念」「血の匂い」。四国松山市の俳句ポストに投稿された不気味な句。投稿者の殺意を感じた十津川だが、未曾有の殺人劇が開幕してしまう。

●814円

味な旅 舌の旅 新版

宇能鴻一郎

芥川賞作家にして官能小説の巨匠が、日本各地の美味佳肴を求めて列島を縦断。貪婪な食欲と精緻な舌で綴る味覚風土記。〈巻末対談〉近藤サト・宇能鴻一郎

●946円

新装版 静かな爆弾

吉田修一

テレビ局に勤務の俊平と耳の不自由な響子。音のない世界に暮らす君に、この気持ちを伝えたい。言葉にならない思いが胸を震わす恋愛小説。〈解説〉宇垣美里

●726円

「そこでなら、四人が宿を取ることもできるだろうと聞いて、捜しているところです」

二人の僧は、身のこなしが尋常ではなかった。じっと立っていても、それがわかる。

「宿ね。ま、よろしいでしょう。参りましょうか、御坊」

「案内していただけますか」

「案内というより、俺も館に帰るのですよ。楠木正成です」

「なんと」

「ちょっとばかり、溝などを掘っておりましたので、この通り泥まみれです」

若い僧が、じっと正成を見つめてきた。合った眼を、そらそうとしない。強すぎる光だった。それが、かすかな危うさを正成に感じさせた。

「さあ、参りましょう」

正成が笑うと、若い僧もちょっと口もとを綻ばせたようだった。

「水が引いておりますぞ、楠木の殿様」

畦に立った男が、声をかけてくる。正成はそれに笑い返した。かけられてくる声は、ひとつやふたつではなかった。

館に戻ると、菅生忠村を呼び、四人を部屋に案内するように言った。

「俺は、井戸で躰を洗います。この身なりでは、家に入れて貰えない」

「私は、楠木殿と話をしたいのです」

「それも、泥を落としてからにしてください。狭いところだが、何日滞在されても、気になさることはありません」

正成は、井戸の水を汲みあげ、頭から浴びた。一杯や二杯では、落ちそうもない泥だった。

直垂を着直した。

部屋では、若い僧がひとり座っていて、あとの三人は縁に並んでいた。

「こちらにおられるのは、京、山科の安祥寺の僧で」

「待て、隆貞」

若い僧が遮った。

奥では、嵐丸の泣く声が聞えている。梓丸は、庭で乳母《うば》と遊んでいた。

「大塔宮護良という。尊雲とも呼ばれているが、法体は仮の姿でもある」

隆貞と呼ばれた男が、息を呑み、身を硬くした。

「突然で済まぬ」

「宮様と言われましたか？」

「にわかには信じられまいが、父なる人は帝である」

正成が見つめると、若い僧も見つめ返してきた。やはり強く、そして危うい光を湛《たた》えた眼だ。濁りがない。なにが自分の胸を衝いたのか、はっきりと正成にはわかった。

正成は退がり、平伏しようとした。

「待て、正成。私は今日、親王としてそこもとに会いに来たのではないのだ」

「高貴な方を、どうお迎えしていいものか、私にはわかりません」

「だから、親王ではないと言った。男と男で、ただ話がしたかった」

「私と、でございますか？」

「そうだ。河内の悪党、楠木正成と」

「しかし、帝の皇子たるお方とは」

「何度も言わせるな。旅の僧だ。そう扱って貰いたい」

床に手をつきはしたが、正成は平伏しなかった。本来なら、同席などできないのだろう。それが、ごく自然に同席している。親王と思ってはならないのだ、と自分に言い聞かせた。

「正成ごとき下賤の者に、どのような話でございましょうか？」

「どのような、はないのだ。ただ、話をしてみたかった」

「なぜでございます？」

「わからぬ。裸で泥まみれになっている男の夢を見た、とでも言っておこうか」

若い僧が笑った。若い僧としか、正成には思えなかった。

「酒などを、振舞ってもよろしいのでしょうか、御坊に?」

「酒か。しばらく口にしておらぬな」

「ならば、湯など」

「いや、酒を振舞われたい。悪党の酒がどんなものか、飲んでみたい」

「ならば、飲み較べといたしますか」

「いいな」

奥では、相変らず嵐丸が泣き続けている。外に出たがっているのかもしれない、と正成は思った。

第三章　前夜

1

伊賀《いが》は、いつも戦《いくさ》だった。

ここ数年、それが続いている。軍勢と軍勢が、ぶつかり合う戦ではない。しかし気の抜けぬ戦で、一歩踏み誤れば奈落という道を、金王盛俊《かなおうもりとし》は歩いていると言っていい。六波羅《ろくはら》をかわし続け、決して本気にさせない戦なのだ。

「やはり、民が疲れてくる。伊賀以外でも同じことが起きれば、と俺は思っていたが、もとより当てにはしていなかった。伊賀だけで闘える。しかし、先は見えない戦だ。しばしば、討伐軍が押し寄せてくる。その大将に金品を遣うこともあれば、兵を農民の中に紛れこませて眼をくらませてやることもある。それでも、緊張は強いられるな」

盛俊の喋り方は、苦渋に満ちていた。限界だというのではないが、次第に気力が萎《な》えてきたという感じだった。

「正成《まさしげ》殿が立ってくれるのが、最善だ。しかし、そうなると兵糧《ひょうろう》や銭が入ってくる道が途絶える。ひと時はよくても、やがて体力が尽きる。考えてみれば、六波羅は強いはずだ。兵糧の心配はいらず、兵はいくらでも動員できる」

このところ、正成はしばしば伊賀を訪れていた。奈良から京の街道の物流が、相当大きなものになっていて、そこを乱さないためには、どうしても盛俊の協力が必要なのだ。

それとは別に、盛俊と今後のことを話したい気持がある。

金王盛俊が悪党として声をあげ、六波羅の眼を引きつけ、派遣してくる軍勢の相手もやった。そのかげで、正成は商《あきな》いを拡げていったのだ。盛俊がいなければ、正成の動きは大きく制限されてきたはずだった。無論、盛俊が必要とするもののほとんどは、河内《かわち》から送ってきた。その意味で、正成は盛俊の兵站《へいたん》を果してきたと言ってもいい。

盛俊の住いは、粗末な館だった。家人のほとんども村の中に散っていて、女房と子供らの姿があるばかりだった。

「北畠具行《きたばたけともゆき》という公家が来た。朝廷での位も、低くはないらしい」

「俺のところにもですよ、盛俊殿。しかし、言っていることが、どこかはずれていた」

「帝《みかど》が声をかけたら、兵を出す用意はあるか、と言ったのだろう。なにがいまさら兵だ。

俺たちは、もうずっと闘い続けているのだ」

「しかし、朝廷ですよ、盛俊殿」

「そうだ、帝だ。俺は正成殿ほどの学問がないのでわからんが、帝はこの国では偉いのか。鎌倉《かまくら》の幕府の上に、朝廷はあるのか？」

「かたちの上では」

「力は、幕府にあるということだな」

「その幕府も、ずいぶんと乱れている。しかし、そこにつけ入ろうという御家人は、出てこない。北条《ほうじょう》家の専横に対する武士の不満は、相当に大きいのですがね。長く頭を押さえつけられ、牙の剝き方を忘れてしまっているのですよ」

「牙を抜かれている、とも見える」

酒を飲みながら、深夜に語った。昼間は、盛俊は村から村へ駈け回っている。どこかが緩めば、六波羅の討伐軍はそこから堰《せき》を切った水のように、伊賀に侵入しかねない。

「前にも、帝が謀叛《むほん》を起こそうとした。日野資朝《ひのすけとも》と日野俊基《としもと》というのが流罪《るざい》になったが、それだけだったな。大した謀叛でもなかったのだろう。しかし幕府に対して帝が謀叛を起こしたということは、格の上でも幕府が上ということではないか。下の者が上を討とうとするのを、謀叛と言うのだろう」

「いまの力の関係を、象徴した言葉なのですよ、あれは」

「朝廷は、頼むに足らずか」

「そうは言いきれない。そういう歴史が、この国にはあると俺は思いますね」

「まあ、難しい話はいい。要するに、帝がどれぐらい本気かというところが問題だ」

「そんなことは、どうでもいいのです」

「なに？」

「帝が本気になったところで、国の流れは動かない。まわりがどれだけ本気になれるか。まずはそれだろうと思うのですよ、盛俊殿。まわりが本気であるかぎり、先年の京の騒ぎのようなことには、ならないと思います」

「しかし、そのまわりというのが」

「武士の前では腰を抜かす公家ばかり。確かにそうです。北畠具行という方は、話をすればわかりそうなところがあります。日野資朝、俊基は、駄目でしょう。武士の力を当てにしている」

「なにが言いたいのだ、正成殿」

「畿内《きない》一円に、悪党の数はどれほどいると思われますか、盛俊殿は？」

「摑めぬな。河内の悪党の数さえ、俺は正確には摑んでいないと思う」

「河内で、集めればおよそ六千から七千」

「いくらか少ないな。馬借《ばしゃく》や水師《すいし》など、いろいろな産業に従事している者たちを集めれば、もっといそうな感じだが」

「兵数だけです。土豪も含めていますがね。山の民や馬借など含めれば、二万から三万」

「そんなにか」

「伊賀の兵数は三千かな。服部持法《はっとりじほう》殿が同心するというのが前提ですが」

「服部持法は、すでに悪党だ」

「大和《やまと》にも数千。摂津《せっつ》、和泉《いずみ》にも、やはり数千。畿内一円で、三万は下らぬ兵力。決して少なくはない」

「しかし、それがひとつにまとまれぬ。俺たちが思い悩んだのも、六波羅が安閑としていられるのも、結局はそれだからではないか」

「まったくです」

「それと、帝のまわりが本気になるということと、どういう関係がある？」

「帝の名をもって、本気で悪党を集めようとすれば、どうなります。本気でそれをやろうとする人物がいたら」

「帝の名をもって」

「帝は、この国の頂点です。征夷大将軍も、帝が任命するのです。あらゆる権威の、その上に帝の権威はあるのです」

「帝を守り、政事《まつりごと》を行うのが幕府。しかしその幕府がいま乱れ、帝は必ずしも幕府とともにとは考えていない。だから、幕府に不満を抱く武士を集めて、自分の力にしようとしている」

「武士は、土地にしがみついている。何代にもわたってです。だから、土地を絡ませれば、幕府は御しやすいのですよ。俺はこのごろ、ようやくそれが見えてきた。武士が領地に拠《よ》って立つ以上、なにをなすこともできない。いや、やりにくい。しかし、悪党はどうです。拠って立つ土地などはない。それぞれが、おのが才覚で闘い、力を蓄えている」

「帝を戴《いただ》けば」

　悪党もひとつにまとまれる。その言葉を盛俊は呑みこんだようだった。正成も、確信があって言っているのではなかった。少なくとも、利で結ばれれば、利で対立することにもなる。利とは、そういうものだ。しかし、日本の頂点たる帝を戴けば、悪党のありようはいくらか変ってくる。

「壮大な考えだな」

「このままでは、悪党は終りますよ。終るのが、滅びるということになるのか、それとも違う存在として生き延びていくということになるのか。武士が、武士の幕府を倒しても、なにも変らない。新しい幕府ができるだけのことですからね。その新しい幕府は、悪党に対していまの六波羅よりずっと果断な処置をしてくるでしょう」

「ちょっと待て、正成殿。武士が幕府を倒すという動きが、どこかにあるのか？」

「それは、起きてみるまでわかりません。わかるようなら、幕府は素速くそれを叩き潰すでしょうし。しかし、俺のところには、全国を回る猿楽《さるがく》の一座などから、頻繁に諸国の情勢が入ってきます。不満が破裂しそうになっている武士の数は半端ではないと思いますよ。その武士がもし動くとしたら、やはり帝を利用しようとするでしょう。なにしろ、最高の権威なのですから」

「関東の足利《あしかが》などという、源氏の流れを汲む武士かな」

「わかりません。それは、まるで見えない」

「しかし、不満が破裂することもありそうなのだな。その前に、俺ら悪党が、帝の権威というやつを利用してしまおうというのだな、正成殿が言っているのは」

「たやすくはありませんが」

「壮大な話だと言ったが、まるで夢とも思えん。俺らが、生き残る道を探らなければならないのは、間違いのないことなのだ。山の中に姿を隠す、などという道は、俺は望まないし、一緒に闘ってきた者たちにも言えない。負けて逃げることだからな」

「とにかく、盛俊殿が畿内で六波羅軍を一手に引き受けてくれた。それで、畿内の悪党は息をついていられたのです」

大塔宮護良親王《おおとうのみやもりよししんのう》のことは、まだ喋らなかった。今年の暮には、天台座主《てんだいざす》となり、叡山《えいざん》に登るという。その時に、会わせても遅くない。会わせる価値のある親王ならばだ。

大塔宮は、赤坂《あかさか》の館で三日過し、帰っていった。その間に喋ったのは、この国のありようについてだった。兵を挙げろというような話ではなかった。根もとのところから、なにかを語ろうとしていることが、正成にはなんとなく理解できた。少なくとも、なにかをしてくれたら官位を与える、というような話ではなかった。

しかし大塔宮も、いまなにが必要かということについては、よく見えていないようだった。帝が、朝廷が、その名でなし得ることについても、よくわからないとはっきりと言った。

帝がいて、民がいる。これが、国のかたちだ。政事は、国のかたちを守るためにある。無論、武力もだ。大塔宮は武力と言い、武士とは言わなかった。そこから見えてくるものがなにかある、と正成は思った。

三日という時間は、正成にとっては不快なものではなかった。少なくとも帝のありようを、その帝の息子たる人の口から聞くことはできたのだ。

　国には、秩序というものが必要だ。秩序には、それが拠って立つ中心が必要だ。昔から、帝の存在はその意味を持っていた。古い秩序を打ち毀《こわ》す時も、その力の中心は帝であったし、新しい秩序も帝を中心に作られていった。それが鎌倉で行われる北条の政事では、まったく無視されている。ならば北条氏が秩序の中心かと言うと、そうではない。力で政事の中心にいるだけであり、それを認めない者も不快に思う者も、多くいる。

　帝ならば、誰もが認める。古来から、そうであったからだ。連綿と受け継がれてきた血を、誰もが認めるからだ。北条氏には、いやほかの誰にでも、その血はない。あれば、その血を廃して自らが帝となればいい。血がないがゆえに、京の朝廷に帝がいる、というかたちはとらなければならないのだ。

　話は、時として青臭いとも思えた。しかし、やはり不快ではなかった。清濁あわせたところに現実があるとしても、帝は純粋であるべきなのだ。そして、民草も。

「とにかく、帝と朝廷ということを、俺は畿内の悪党たちの心に、一応だが刻みこんでおこうと思います、盛俊殿。この国には、帝というものがあるではないかということを。そこから、はじめます」

「正成殿が、気になる悪党はいるのか？」

「播磨《はりま》の、赤松円心《あかまつえんしん》。伯耆《ほうき》あたりにもいるようだが、俺は知らない。畿内は、数えあげたらそれこそきりがありませんな」

「わかった」

盛俊が、白いものが混じりはじめた髭を撫でて言った。

「悪党も、どこかに拠って立たねばならん。それは俺がここ数年で、骨身にしみたことなのだ。正成殿が見つけてくれた、という気もする」

盛俊は、疲れはじめてはいるが、まだ闘える。正成は、そう思った。

大和、紀伊《きい》、伊勢《いせ》にかけて、正成は精力的に歩き回った。朝廷を悪党の拠って立つ場所にしようと、露骨に説き回ったわけではない。利を超えた悪党の連合が必要な時代になる、という考えを述べただけである。無論、商いの話もする。産物を移動させないかぎり、利はあがらない。自分たちだけで移動させると、人出が必要で高くつく。海賊衆の船、馬借、川を使った水路。そういうもののどれを使えばいいか、ということについても、詳しく話した。瀬戸内海の海賊衆は、輸送が大きな利になることがよくわかり、いまでは五、六艘から、二十艘、三十艘の船団を組んで動きはじめている。正成が関るのは荷の斡旋《あっせん》と船の動かし方で、それをどうするかで、一艘当たりの利は大きく違ってくる。

熊野《くまの》の海賊衆も、海運を大規模にやろうとしていた。しかし、荷がうまく動かない。荷を満載して熊野から摂津まで行ったとしても、帰りは空船では、半分は無駄ということである。要するに、どこにどういう荷があるかを、把握することだった。それは何年も前から情報として集めていた。旅回りの猿楽一座などが役に立つ。そうやって荷が動くことで、利の一致も少しずつ生まれてくる。

しかし、そこまでだった。幕府という、強大な重石がある。荷の中心になるべき米は、領地を通して御家人を支配する幕府が、最後には自分の意向を通すのだ。というより、いまの領地の支配の仕方では、根本的に米が大きく動くことはない。豊作の土地は米倉に蓄えるだけ蓄え、不作の土地は人々が飢える。

米を動かせればというのは、正成が考え続けてきたことだったが、いまだに方法は見つからない。いや、いまの幕府の政事のやり方では、方法はない。

「殿、私が仕留めましょうか？」

紀伊から大和にむかう山を歩いていて、寺田祐清《てらだすけきよ》が言った。加布《かふ》と尾布《おふ》の姿はない。やがて斜面から、木や枝を折るような、激しい音が近づいてきた。

正成は、前に出ようとする祐清を制した。藪から飛び出してきたのは、猪である。正成は、素速く黒い鉄の玉を投げた。それは猪の前肢に絡みつき、突進してきた猪は転がり土煙をあげた。麻を縒《よ》り合わせた紐を引き絞ると、猪は暴れるだけで立てなくなった。祐清が、脇差しで猪の首を切った。血を抜いた肉の方が、うまいのだ。元気のいい時に首を切るのが、血は一番よく抜ける。

やがて、加布と尾布が藪をかき分けるようにして姿を現わした。

「殿の投げ玉は、もう猟師と変りません」

加布が言う。二人が猪の足跡を見つけ、斜面を大きく回って、こちらへ追ってきたのである。

投げ玉は黒く塗った鉄で、伊賀《いが》の山中の猟師が遣うものだった。手ほどきを受けて稽古を重ね、正成はそれを刀以外の自分の武器としていた。

「重里《しげさと》の村まで、すぐだ。棒に通して担げ。あそこで、焼いて食おう」

重里の村には、北畠具行が来ているということは、すでに知らせが入っていた。旅の途中でも、赤坂村は勿論、金王盛俊や重里持久《もちひさ》などとは、たえず連絡をとっている。

加布と尾布が、猪を棒に通して担いだ。

和泉、河内、大和、伊賀。数年の活動で、この四国の悪党や土豪は、かなりまとまってきた感じがある。ともに拠って立つなにか。それが見えれば、ひとつにまとまるのも難しいことではない。

持久の館の庭まで、猪を運びこんだ。

焚火をさせ、そこに猪を放りこむ。まず、表面の毛を焼いてしまうのだ。それから、腹を断ち割り、内臓を全部出す。洗った野菜は、なんでも内臓の代りに突っこむ。於保比留《おおびる》（ニンニク）など、多ければ多いほどいい。それから、竹の皮で包んだ米をいくつも入れる。切り裂いたところと、肛門を縫い合わせた。

「よし」

正成が言うと、焚火の上に三本の丸太が組まれ、猪の躰がぶらさげられた。

「これは、食するのかな、楠木《くすのき》殿？」

騒ぎを聞きつけ、館から北畠具行が出てきていた。山伏姿である。重里氏久《うじひさ》は金の採掘の差図に出かけていて留守で、持久が具行の背後で苦笑している。

「これは北畠様。ここにおられるとも知らず、とんだものをお目にかけてしまいました」

「それにしても、荒っぽいものだ」

「よろしければ、あとで食されますか。宮中では、こんなものをと思われるでありましょうが、山中ではめずらしくもありません。山の者は、こんなものを食して、力をつけるのでございます」

「ならば、あとで試してみるか」

北畠具行には、暗いところがない。公家の弱々しさはあるが、眼は澄んでいて、喋ることもしっかりしている。ただ、なにか見落としているものがある、と強く感じさせるのだ。そこも、いかにも公家らしいと言えば言えた。帝の権威が絶対だという前提で話をするが、絶対でないことは幕府に対する態度を見ていてもよくわかる。

「焼きあがるには、しばらく時がかかります。少しずつ薪を足し、夕刻ごろには」

「ほう、二刻も要するのか」

「何事も、じっくりと構えるのが、山の流儀です。強い火で焼いてしまうと、外だけが焦げ、中は生のままです」

「焚火が恋しい季節になった。私もここにいてよいか？」

「それはもう」

「床几《しょうぎ》を頼みたい。楠木殿や重里殿と、焚火に当たりながら話をするのもいい」

どこか、北畠具行は変っていた。それがどこかはわからぬまま、正成は出された床几に腰を降ろした。

「旅をすると、さまざまなものが見えてくる。私ははじめ、武士だけを見てきた。坂東《ばんどう》をひそかに回ったからであろう。ほんとうは民を見るべきだということが、いまごろになってようやくわかった」

「民を、どのように御覧になりました」

「国の声であろう。この国そのものの声。民の声を、そう聞くべきだと思った」

「それで？」

「帝は、この国の頂点に立たれるお方だ。この国は、帝を戴くことによって成り立ってきた。それは間違いのないことだが、民にとってはまた、どうでもいいことでもある。その日、どうやって食するかということの方が、民には大事なのだ。それが、おかしい。あってはならぬことである」

「民が食してはならぬと、北畠様は言われるのですか？」

「いや、違う。民は、米を作る。さまざまなものを作る。公家や武士は、それを取りあげて食している。それが、おかしいのだ。民が、日々食することの困難に苦しまなければならぬのは、どうしてもおかしい。民こそが、なんの悩みもなく、まず食することを享受すべきではないか」

「いや、それは耳が痛い話でございます」

「帝は、ただ帝であるというだけではない。国を作り、国を整える使命を天から与えられたお方であると思う。民の苦しみを除いてこそ、まことの帝なのだ」

考えは、間違っていない。そして間違っていない考えは、ほとんど例外なく封殺されてきた。それが、古来からの歴史ではないのか。北畠具行は、そこまで見ようとはしていない。それでも、正成はいくらか好感を持った。帝を、このように語れるのは、ほんとうになにかを見ようとしてきたからだろう。

「民は、苦しむものです」

「いまは、確かにそうだ」

「いまではなく、いままでです。そして、多分これからも」

「悲しいことではないか、それは」

「民は苦しむものですが、喜びも慰めも持っております。作物が実った時の喜び、子を生《な》した時の喜び、媾合《まぐあ》いの喜び。そして、声も持っております。芸能が、まさにそうでございましょう」

「それでは、楠木殿は、このままでいいと言うのか？」

「いえ、ほんのわずか、少しだけ楽になれば、民はそれで幸福なのです。人の幸福とはそういうものだということを、一番よく知っているのも、また民であります」

「ほんの少しか」

「幕府の政事がきちんとしていれば、民はその喜びを得ることができます。それなら、政事をなすのは、幕府であってもいっこうに構いません。そういう政事ができぬので、民は苦しみ、悪党が生まれました」

「楠木殿は、悪党か？」

「悪党です。いまの世のありように、逆らおうとしておりますから」

「なるほどな」

「帝がこの国の政事をなされても、それが民のためでなければ、やはり悪党は生まれます。力がある時は押さえられていても、力のどこかに緩みが出れば、そこから悪党は顔を出します」

　政事は、人の愚かさが剝き出して見えるものだった。そこまでは、正成は口にしなかった。民のことを考えるという理由でも、政事は誤ったことをやるだろう。

「わからぬな、私には」

「私にもです、北畠様。政事は、最小のことだけをなせばいいのに、いつも最大なことをなそうとしてきましたから。だから私は、政事にあまり大きな期待を持ったことがありません。政事の網の目を抜けて、自分がどれだけ得をするのかということばかり考えております」

「人は、それでよいのか、楠木殿？」

「よくはありますまい。しかし、政事とはもともとそういうものです」

「やはり、悲しい」

北畠具行の声は、肚《はら》の底から搾り出すようだった。

「力で押さえつけてもいいのです、北畠様。それで戦というものがなくなれば、それだけでも民にとっては喜びなのです」

焚火は、熾《おき》が大量にできて、正成は顔に熱さを感じた。家の者たちが、猪を時々回す。そうやって、焼け残りがないようにするのだ。猪はもう茶色い色を帯びはじめ、縫い合わせた切口からは汁が滴って火の中に落ち、音をたてている。

「旅をして、私はさまざまなことを学んだ。多くの人々にも出会った」

「旅を続けられることです、北畠様。民の暮しを御自分の眼で御覧になっておられるお方が、ひとりでも宮中におられるだけでも、民には救いでありましょう」

「そんなものが、なんの救いになる。民のための国を、作ろうとすべきではないのか。私は、そのために生きたいと思う」

「できません、民のための国など」

「ならば、悪党で終るのか、楠木正成？」

「それもまた、人でございます」

「得心できぬぞ、私には。新しい国を、作れぬはずがない。それを忘れたら、人ではなくなると思う」

正成が想像した以上に、北畠具行は純粋だった。その純粋さは、弱さにも通じる。

「酒など、お持ちいたしましょうか？」

重里持久が口を挟んできた。床几に腰を降ろしたまま、黙って二人の話を聞いていたのだ。

「いまは、いらぬ、持久殿」

「ならば、湯など」

「いらぬ」

北畠具行が、いきなり両手を前に突き出した。

「この手は、稲を作ったこともない。私は、それを恥じる。楠木殿は、手を土にまみれさせている。違うか？」

「私も、北畠様と同じようなものです」

「いや、土にまみれた、裸の男。私はそう聞いたことがある」

大塔宮と会ったのだろう、と正成は思った。大塔宮と近いのは、帝ではなく、まして日野資朝や俊基でもない。北畠具行の危うい純粋さは、大塔宮が持っているものと同じだった。近づくと、危険な純粋さでもある。

「梶《かじ》井《い》門主《もんしゅ》と会われましたか？」

「ふた月ほど前に。楠木殿、それから赤松円心殿のことを話された。そして大塔宮は、旅で眼を開かれた、とも言われた」

「暮には、天台座主となられるという話ですが」

「寺社の力を借りて幕府と闘おう、と申す者が宮中に増えた。大塔宮は、叡山の力を朝廷に傾かせるために、座主に昇られるのだ。それでよい、とも思われている」

「北畠様は、違う御意見ですか？」

「私は、親王として民と親しまれる方がよい、と思う。しかし、武辺の親王であられる。倒幕の戦では、自らが先頭に立つべきだと決意しておられる」

「やはり、戦をなさるのですか？」

「戦はある。せねばならぬ。大塔宮は、それでこの国の姿は新しくなる、と考えておられる。そのためにやる戦だとな」

　誰もが、戦には名分を立てる。しかし、すべての戦は自分のためだ、と正成は思っていた。

「どうも、私はこむずかしく事を語りすぎる。持久殿にも、そう言われた」

「大塔宮のお話も、むずかしいものでした。自分が望むままに生きている悪党には、縁のない話とも思えます」

「ほんとうに、望むままに生きているのか、楠木殿。そんなことが許され、そしてできるものなのか?」

「わかりません。望むままに生きてみようと、思っているだけです」

北畠具行が、眼を閉じた。そうすると、不意に歳をとったように見えた。

猪は、いい匂いをたてていた。於保比留の強い匂いが、食欲を刺激する。しかし、まだ焼き足りないだろう。

「正成殿、この村のはずれに、湯が出たのを御存知でしたか?」

とりなすように、持久が言った。

「いや、初耳だな」

「父が、掘り当てたのです。金を掘るつもりだったのが、穴から湯が出てきてしまったのですよ」

持久が、声をあげて笑った。

「父はくさっておりましたが、村人は喜んでおります。川に注ぐようにして、河原に穴を掘り、石で囲っております」

「それはいい。所望《しょもう》しても構いませんかな。旅の埃《ほこり》と疲れを流せそうだ」

「それはもう。人をやって、邪魔が入らぬようにしておきます」

「持久殿、お気遣いは無用だ。俺は、村人と一緒で構わん」

正成は北畠具行に一礼し、床几から腰をあげた。遠慮して出ようとするのを正成は制し、村のはずれで、男三人と女二人が入っていた。祐清と二人で入った。

北畠具行が言っていることは、思念から出たものだ。ゆえに正しいが、民の暮しの中から出た声ではない。足りないのはそれだが、望むべくもなかった。

大塔宮の考えも、同じだろう。

そういうことを忘れ、正成はただ湯の心地よさを愉《たの》しんだ。

陽が山際にかかったころ、正成は重里の館に帰った。

猪は、ほどよく焼きあがっていた。

持久が、酒を用意していた。北畠具行は、館の縁に座り、薄闇の中に燃える火を見つめているようだった。

「村人が、三十人ほど集まっております。匂いに惹かれたのでしょう」

持久が言う。確かに、匂いは強くなっていた。

「持久殿が、切り分けてやるといい。俺は、腹から出てきた米を、北畠様に差しあげてこよう。殿上人が、獣肉を食されるとも思えぬが、米ならばお許しいただけよう」

「それでは、私が切り分けます。正成殿の分の肉は、たっぷりと残しておきますから」

持久が肉を切って配りはじめると、集まった村人の間から声があがった。

正成は、猪の腹から出てきた、竹の皮に包んだ米を二つ板に載せて持ち、縁にいる北畠具行のもとに運んだ。

竹の皮を開き、箸で飯をほぐして、北畠具行はそれを口に運んだ。正成には真似のできない、優雅な仕草だった。

「かぎりなく、美味だ、楠木殿。このような飯《いい》を口にするのは、はじめてだと思う」

北畠具行が、眼を閉じて言った。

「うまい、と言われるのです、北畠様。それが、民の言葉でございますぞ」

「うまい、か」

「そう、それでよろしいのです」

「うまい。かぎりなく、うまい」

正成も、肉汁がしみこんだ飯を口に入れた。確かにうまい。そう思った。貪るように、竹の皮の中の飯を、すべて平らげていた。北畠具行は、ひと口ごとに酒を含んで口を洗い、優雅に食い続けている。正成は構わず、獣肉も運ばせて食らいつき、平らげた。

北畠具行が、立ちあがった。戻ってきた時、なにかを持っていた。音を聴いて、はじめて笛だということがわかった。

「笙《しょう》の笛です、正成殿」

酒を持ってきて、持久が言った。

館の中が、束の間静まり返った。音色が、人の心をふるわせている。正成はそう思った。喜びも悲しみも、すべて超越して、ただ音色だけがある。

正成が笛と思っているものとは、まるでかたちが違っていた。なんと表現していいかわからないが、竹が十数本並んでいる、縦笛だということがわかった。

音色が、人の心をふるわせ、静まり返った館の庭に、低い嗚咽《おえつ》が流れた。見ると、北畠具行も涙を流していた。

正成は、流れている音色にだけ心をむけようとした。それでも、涙がこみあげてくる。比佐《ひさ》の顔が浮かんだ。梓丸《あずさまる》や嵐丸《あらしまる》の泣き声も蘇ってくる。

眼を閉じ、正成はじっと笛の音色に耳を傾けた。

2

叡山に入ったのは、昨年の暮だった。

それからすでに、ふた月が経っている。叡山にはすぐに馴れたが、座主の暮しに馴れることはなかった。というより、座主としてなさなければならないことを、護良はほとんど下の者に任せた。

僧房の兵を集めて、戦の調練をはじめたのである。僧兵は三千近くで、そのうち千五百は叡山の守りなどについている。残りの者を、護良は徹底的に鍛えはじめた。集団の戦から、一対一の武芸まで、護良自身が武具を身につけて指揮をした。

役目についている時が大変で、休んでいる時は楽だというのが僧兵の生活だったが、それがまったく逆になった。

天台座主として叡山に入った時に、父なる人から与えられた使命は、ほぼ果したと言ってよかった。あとは、戦に備えるだけである。叡山を出るのだけは難しいので、僧兵を鍛えあげることに専心するしかなかった。

夜は、月明りの中で、国のありようを考えた。民のありようも考えた。いまの理不尽を、どうやれば正せるのかも、考え続けた。

仏のことなど、頭にも浮かばなかった。生きている人間、これから生まれてくる人間のことを考える方が先だ、となんの疑問もなく思った。もともと護良には、僧であるという自覚はなかった。叡山を朝廷につけるために、便宜として出家したのである。法体であることにも、こだわりはなかった。かたちにすぎないことだからだ。

天台座主となり、叡山に入る前に、御所で父なる人に拝謁した。本来なら二人きりで会いたいところだったが、廷臣が臨席する中での対面にならざるを得なかった。

御簾《みす》があげられた時、束の間、無言で見つめ合った。これが、帝。これが、父なる人。激しい気迫のようなものが、護良の全身を打ってきた。同じ激しさで、護良はそれを返した。

「いまの世を、正さねばならぬ。乱す者を押さえ、民に平安を与えねばならぬ。朕《ちん》のなさねばならぬことを、忘却いたすな。どこにあろうと、朕のために生きることを、心の根幹にせよ」

挨拶が終ると、父なる人はそう言った。

言葉にする必要はない。護良は、そう思った。長く離れていたので、意思が通じ合わぬと思ったのだろうか。しかし、誰が聞いていても、幕府を倒すという思いを語ったものだ。それを、廷臣が居並ぶ前で言ってよいものなのか。臨席しているすべての廷臣が、信用できるということなのか。そういう発言を、止めようという者さえ、ひとりもいないのか。

相手は帝である。それ以上語り合うこともできず、護良は退席した。

そして、叡山に入ったのだ。

自分が座主らしくないと僧たちに言われていることを、護良はよく知っていた。当たり前である。戦の調練に、明け暮れているのだ。尊雲《そんうん》という法名があるが、それが自らの名だとは思っていない。

叡山に入る前に、十数通の書簡を認《したた》めた。

その中に、播磨の赤松円心と、河内の楠木正成に宛てたものがあり、則祐《のりすけ》に届けさせた。返書は、叡山に入ってから届いた。

健やかに職責を全うされるよう、と円心は書いていた。国は、どういうかたちであろうと国である、と正成は書いていた。二人とも、達筆であるが、正成の方が少し破れた字を書く。

書いてある内容は、年齢によるものだ、と護良は思った。正成は、書簡においてもなにか語ろうとしている。まだ若く、自分の年齢とも近いからだろう。

円心は、落ち着いている。祖父とはこんなものかもしれない、という書き方だ。

「父は、赤松村の小さな館で、じっとしております。時に、風のように摂津へ行ったりするという話でしたが、私がいる間は、常に書見をしておりました」

摂津のどこかに、商いの拠点を持っている。決して、播磨で目立つことはしない。ゆえに、六波羅はもとより、誰も円心のほんとうの力は知らない。

「楠木殿は、お忙しいようです。畿内のどこを探っても、楠木殿の影が見えると、祐乗《ゆうじょう》坊《ぼう》や四郎丸《しろうまる》が申しておりました」

四条隆貞《しじょうたかさだ》は叡山に伴ったが、二人は残してきた。叡山に入れても使いようがなく、むしろ畿内の動きを探っては、報告させた方がいいのだ。

正成も、活発に商いをしている。陸運にも水運にも、大きな力を持っていた。護良が数度の旅で知ったことのひとつが、商いの強さである。銭というものの、力の強さ。正成はそれをよく知っていて、力を蓄え続けてきたのだ。ただ、武士の世の中では、それにも限界がある。最も大きな産物である米のほとんどは、武士が領地というかたちで押さえてしまっているのだ。だから、物流は部分的なものである。

幕府を倒すにはどうすればいいか、ということについて、護良は細かく考えるようになっていた。武士の一大勢力が動けば、幕府は動揺し、それを見た不満を抱く武士が連動して動きはじめる、という可能性はあった。それは、避けなければならない。帝の周辺の廷臣は、そのことばかりを考えているようだが、武士が主体となった倒幕は、新しい幕府を作るだけということになる。

自分が立つべきである。護良はそう思っていた。自分が立つことは、帝が立つことと等しい。いや自分が、帝の代りに倒幕に立つべきなのだ。

しかし、叡山では立ちようもなかった。確かに三千の僧兵はいるが、叡山を守るためのもので、そこから外にむかって出ることはほとんどない。もともとそういうものだということが、叡山に入ってみると、いやというほどよくわかる。

ただ、強力な京の押さえではあった。その意味で、存在は小さくはない。

しかし、倒幕にはもっと動的なものが必要である。たとえば、全国の民衆の蜂起があり、それを朝廷という名のもとに集め、ひとつのまとまった力にする。それで、幕府は揺らぎ、武士を離反させることもできる。幕府を離反した武士は、朝廷の軍として組み入れる。

しかし、全国の民衆が蜂起することがあるのか。それができるのか。民衆とは、かぎりなく弱く、傷つけてはならないものではないのか。

そこで護良に見えてきたのが、すでに蜂起している者たちである。悪党は、畿内を中心にして、西国では蜂起しては潰《つい》えるということをくり返している。伊賀の金王盛俊のように、潰えずに、六波羅探題の兵と闘い続けている者もいた。

つまり、悪党である。

畿内だけでも、二万近い兵力になる、と護良は読んでいた。ひとつにまとまっていないだけだ。傑出した者がいれば、それをひとつにまとめられないか。たとえば赤松円心、たとえば楠木正成。しかしこの二人は、いまだ蜂起してさえいない。それに悪党のありようが、利で結びついている場合が多いのだ。倒幕は、悪党そのものにとっての利ではなく、この国にとっての利である。

考え続けていくと、さまざまなことが妄想のようにふくらんでいく。

戦は現実だ。人と人がやるものだ。調練ほどうまくいかないだろうし、なにが起きるかもわからない。

護良の叡山での暮しは、激しさと苦渋に満ちたものだった。座主を弟の宗良《むねよし》に譲り、早く降りてしまいたい。そして、自分のなすべきことをやりたい。護良の心の底には、常にそれがあった。

自分のなすべきこと。

畿内を回り、従ってくる悪党を二百名集める。そして、蜂起する。親王が率いる悪党である。加わってくる者は多いはずだ。やがて、赤松円心が動く。楠木正成が動く。それでひとつの大きな力ができあがる。そうするとさらに悪党が集まり、幕府を離散した武士も集まるだろう。

とりあえず、やるしかなかった。戦は、やってみなければわかりはしないのだ。相手を動かす。それで、どこに隙があるかも、はっきり見えてくる。

そんなことで、幕府をたやすく倒せるとは思っていなかった。その気になれば、幕府は四十万であろうと、五十万であろうと兵力を動員できるはずだ。その厖大な数自体、すでに護良の想像を絶していた。

北畠具行が叡山に姿を見せたのは、ようやく雪が解けはじめるころだった。

「幕府は、乱れに乱れております。北条得宗《とくそう》（本家）にもはや政事への熱意はなく、内管《ないかん》領《れい》の長崎円喜《ながさきえんき》がすべて思うままに扱っております。しかし、足利など源氏の流れを汲む者たちは、息を殺してそれを見つめているばかりです」

朝廷が甘く見られているのだ、と護良は思った。どう乱れようと、朝廷がそこにつけこんでくる力はない。

帝の皇太子は、先帝の嫡孫《ちゃくそん》の邦良《くによし》であったが、二年前に死んだ。それ以後、皇太子は決まっていないが、兄の世良《よよし》だと護良は思い、ほかの廷臣も考えているはずだった。しかし、大覚寺《だいかくじ》と持明院《じみょういん》という、皇統をめぐる争いもある。順序から言えば、持明院統から皇太子を出すべきだという意見があり、幕府への働きかけも活発だという。朝廷では、いま幕府になにか言われることを、最も恐れている。つまり幕府は、そんな朝廷のうろたえぶりを、嗤《わら》って見ているだけなのだ。

皇太子は、兄の世良であるべきだった。いまの帝の嫡流を継ぐ者だからだ。

朝廷は、それさえも幕府に言い出せないでいる。そして、倒幕のつまらぬ謀議ばかりをくり返しているのだ。このままでは、数年前の騒動の二の舞いだった。あの時は、帝御謀叛と幕府に言われ、弁明の使者を鎌倉へ出したりしたのだ。

帝が謀叛を起こす相手など、本来ならこの国にいるはずがない、と護良は思う。

「内管領の裁きの悪さで、陸奥《むつ》の先の津軽《つがる》では、武士同士の大きな戦が続いているといいます。それに対しても、幕府はなにもできないでいるようです」

「そんなことはよい、具行」

「は」

「これからも、幕府の乱れは続き、いろいろと混乱もするであろう。しかしそれは、幕府の中でなんとなく収拾されてしまう。長く続いた鎌倉の幕府には、それぐらいの懐の深さはあると思う」

「それで、源氏の者たちも動けないのでしょうか？」

「また別の理由もあるかもしれぬが、幕府の自壊を待つには、時がかかりすぎる」

「帝は、盛んに武士に声をかけておられます。応じてくる武士は、力のないどうでもいいような者ばかりですが」

「おまえや、日野資朝、俊基らが、綸旨《りんじ》を届けているのか？」

「そこまではまだ。訪《おとな》って、声をかけるというだけでございます。証拠となるものは、正中《しょうちゅう》の時のこともあり、渡さぬようにしております」

「声をかけるのも、無駄だ」

「そうでしょうか？」

「むこうから従ってくるのを待つ。武士に対しては、それでよい」

「しかし」

「石を投げこまねば、池に波紋は起きぬ」

「その石に、誰がなるのでございますか？」

「私だ。あるいは、帝御自身」

「それは、無謀であります」

「倒幕は無謀である。いつの世でも、時の権力を倒すのは、無謀な力ではじまった、と私は思うようになった」

「では、叡山で？」

「それも、できぬ。叡山は、外にむかっては動かぬ。せいぜい、京の押さえだ」

「私もそう思いますが、しかし法親王《ほっしんのう》が立たれるとしても、従う者がいるでしょうか？」

「わからぬ」

「まさしく、無謀であります」

「具行」

護良は、具行を見てほほえんだ。

「おまえは旅を続けている。そこで、なにか見えたものはあるか？」

護良は、北畠具行が嫌いではなかった。日野資朝、俊基のような、野心を剝き出しにするところもなく、いま帝のまわりにいる廷臣たちが持ついやらしさもない。

「旅で見えたのは、民の苦しみや悲しみばかりでございました」

「私も、それを見た。しかし、もっと違うものも見たぞ。たくましい、したたかな民草を。民というべきかどうかわからぬが」

「悪党でございますか？」

「そうだ」

「私も、何人もの悪党と会いました。彼らは、自らの利のために動いております。人なるがゆえに、当たり前とも申せますが」

「悪党に、いまは利しかないのだ。闘わねばならぬ理由が、いまは利だけだ。しかし、ふり返れば、悪党ほど幕府を悩ませ続けている者もいまい。朝廷に対する以上に、幕府は悪党に気を遣ってきた。それでも潰せぬどころか、悪党はさらに力をつけている」

「しかし、どうやれば彼らを」

「しばらくは、それをおまえに任せよう」

「悪党を、懐柔はできません。彼らは、彼らなりにしっかりした考えを持っていると私は思います」

「だから、おまえなのだ。官位などで懐柔しようとしても、動かぬ。しかし、心の中にあるなにかに訴えることができれば」

「私は、どうすればよろしいのですか？」

「たえず、悪党と語れ」

「悪党の中の、誰と？」

「楠木正成」

「なにを、楠木と語りましょうか」

「自分をだ、具行。お互いに自分を語れ。そうすることで、相手のなにかが見えてくる。これは、私の代りにやって貰いたいことなのだ、具行。ほんとうなら、私がそれをやりたい」

「考えてみます。御自分の代りにと法親王が言われました。それを軽くは考えません。しかし、楠木正成と対するとしたら、私にも覚悟が必要です」

「それでいい、具行。いずれ私も叡山を降りる。その時までは、耐えるしかないのだ」

「楠木正成でございますか」

「あの男ほど、民草の強さとたくましさを持っている者を、私は知らぬ。これからの強い者は、ああなのだという気がする」

具行は、まだ考えこんでいる。

赤松円心もいた。しかし、いまは正成だという気がする。正成ならば、どこかで必ず触れ合える。そして、力を合わせられる。

未熟な思いなのかもしれない、という気もする。しかし、未熟であろうと、濁りはない。正成には、それがわかるはずだ。

泥にまみれた裸の男。しかし、村人に慕われる男。

正成を好きになっている、と護良はふと思った。人に対して抱く感情として、これまで経験したことのないものだった。

「早く、叡山から出たいと思う、具行」

「耐えられませ。法親王が叡山におられる間、仲円《ちゅうえん》殿と私が代りをいたします」

また、泥にまみれた裸の正成が浮かんできた。あの泥が正成の力だ、と護良は思った。

3

田が、黄金色に染まっている。

稲の刈入れの時期が近づいていた。赤坂村にも検分の役人が来るが、かたちだけのことで、銭を摑ませれば田を見ることもなく帰る。正成が納めている年貢は、わずかなものだった。それは、玉櫛《たまくし》でも変らない。河内ではうまくいっているが、畿内の各地では、悪党と荘官の揉め事が多発する時期でもあった。

赤坂村の正成の屋敷には、田植の前から北畠具行が滞留していた。ほとんど住みはじめたという感じで、具行は村人とともに田を作ってきたのだった。その合間を見ては、五日、六日とどこかへ出かけていくが、気づくとまた田の中にいた。

もの好きだとは思ったが、いやな感じはしなかった。泥にまみれている公家の姿は、悪いものではない。

庭の井戸のところで、具行が鎌を研いでいるのが見えた。覚束ない手つきで、指でも切ってしまいそうだったが、正成は口を出さなかった。

相変らず正成は忙しく、赤坂村の屋敷にいる日は、具行よりもずっと少なかった。

「明日から、稲刈りだそうです。北畠様は、ことのほかそれを愉しみにされていて」

菅生忠村《すごうただむら》が、そばへ立って言った。

「ここまでおやりになるとは、村人の誰もが思っていなかったようです。公家であられることは知りませんが、なにしろあの華奢なお躰ですから。それでも夏ごろからは陽焼けされて、腕などもたくましくなられました」

「忠村、正季《まさすえ》の屋敷に使いを出して、正季のほか、小太郎《こたろう》や長晴《ながはる》に来るように伝えろ。明日の午《ひる》までにだ」

「ほう、戦でもなされますか？」

「俺も稲刈りをしたいところだが、そうも言っておれん。それから、北畠様には、誰か砥石の使い方を教えるのだ。あれでは、切れんぞ」

「そうしようかどうか、迷っていたところでございました。なんでも、自分でやりたいと申されますので」

「やり方を教えるのは、構うまい」

梓丸が、駈け回っていた。赤坂村の屋敷に、変りはない。

祐清が戻ってきた。大和からずっと一緒だったが、先行して観心寺《かんしんじ》に寄っていたのだ。

加布と尾布は、赤坂村へ寄らず、直接和泉にむかわせた。

比佐が、下女を使ってなにかを煮ていた。明日の稲刈りのために、菜でも準備しているのだろう。稲刈りの時は、赤坂村の村人に、正成の屋敷から握り飯を届けるのが、慣例になっていた。稲刈りが終ると、村をあげての祭りになる。

居室に祐清も呼ぶと、正成は絵図を前にして、腕を組んだ。和泉を中心にした絵図で、豪族の配置を細かく書きこんである。

「観心寺では、兵糧を一時預かることは構わぬ、と言われています。和尚は、にやりと笑っておられました。なにをする気かは、訊こうとされませんでしたが」

「遠いところまで、見通しておられる。しかし、なにも申されぬ。俗世のことは俗世のことと、思い定められているのであろう。兵学も含めた学問を俺はあそこで修めたが、なんの片寄りもない、いわば公平な学問であった。すべてが正しく、すべてが正しくない。人の心もそうだ、と教えられた」

「私もです。一年の間、あそこで修学することは、はじめは苦痛だと思っておりました。死にかけている躰に鳥がとまっていて、いまにも肉を啄《ついば》みそうになっていた、鳥丸《とりまる》という名で充分だと。一年経って寺を出る時は、まだ足りぬと心残りでした」

「また入ってみるか、一年ほど？」

「時勢がこのようでなければ、正直、あと一年でも二年でも、と思います。こういう時勢では、殿のそばに私がいなければなりますまい」

祐清は、剣をよく遣う。剣が強いだけでは駄目だと、観心寺の学問の中から学んでもいた。すでに、二十三歳である。

「おまえは確かに剣はよく遣うが、戦の指揮はどうも不得手だな。今度のことでは、小太郎や長晴の方が役に立つ」

「人は、それぞれに役に立つ場所がございます」

「まったく、生意気な口を利くものだ。鳥に肉を啄まれかかっていた鳥丸がよ」

「殿も、最近は正直になられました」

「俺が、正直でなかったことが、あったか？」

「昔は、なにが自分のためか、と考えることを恥じておられました。しかし、人はまず自分に正直であるべきなのです。殿は、そういうふうになっていかれました」

「おう、それ以上言うと、俺は怒るぞ」

「殿のお側にいるから、見えることです。変られたのは、やはり父上を亡くされてからでございます。私は殿のあとをついて行くだけですが、後姿からもこれだけのことがわかりました」

「もういい。おまえも、やがて忠村のようになるな。間違いない。小言と愚痴。それで若い者に嫌われる」

「殿の代りに、私が嫌われるのです。忠村殿も、そうなのだと思います」

「勝手に、そう思っていろ」

家人《けにん》が、言いたいことを言うのは、悪いことではなかった。度が過ぎた時に、叱ればいい。

「ところで、北畠様のお遊びは、いつまで続くのでしょうか？」

「お遊びとも言いきれまい。田植から稲刈りまで、自分の手でされようというのだ」

「一生お続けになるわけでもありません。それに、なぜ赤坂村なのです？」

祐清は、北畠具行が屋敷に滞留することを、あまり好んではいなかった。正成が、公家の思想に染まることを、心配しているのかもしれない。

確かに、具行は暇があると正成と喋りたがった。民のこと、稲作のこと、商いのことを訊きたがったし、帝のあるべき姿や、国のあるべき姿について、自分の考えを静かに語ることもあった。

なぜそういう話をしたがるか、正成にははっきり読めた。北畠具行が、そして大塔宮が、悪党の力を認めたのだ。各地の武士と同じように、利用できる存在として考えはじめている。

大塔宮は、いま叡山である。

北畠具行を通して、正成もまた朝廷が利用できる存在かどうか、見ようとしていた。自分のためにである。気持の底には、間違いなく、それがあった。祐清が言う通り、それは人として当たり前のことで、恥ずべきことではない。

しかし、ひとりで利用するには、朝廷は大きすぎる。利用できるわけもない。悪党がひとつにまとまれば、朝廷が利用する価値が出るように、こちらも相手を利用するだけの力を持つことになる。

悪党をひとつにまとめていこうというのも、結局は自分が、つまり楠木一党が、生き延びるために考えていることだった。

「北畠様のことはよい。公家にもああいう方がおられると、思えるだけでも救いであろう、祐清」

「私は、北畠様を嫌っているわけではございません。公家が嫌いなのです」

交換するものを、なにも持っていない。つまり、いつでもただで物を貰おうとする。それが公家というものだというのが、祐清の持論だった。正成は、商いをしてここまでになってきた。商いは、いつも五分五分である。相手が儲けた分、自分も儲ける。損をした分、自分も損をする。自分だけ損をすることは、商いにかぎらずしようという気が正成にはなかった。

和泉に、兵を出そうと正成は考えていた。それも、楠木軍とはわからないかたちでだ。はじめは、得にもならない戦に手を貸す、ということにしかならない。商いは、その場その場で五分五分であればいいと正成はこれまで考えてきたが、その場で損をしてみようと思っていた。損得を、時をかけてとらえる。その日は損でも、明日それ以上の得をすればいい。つまり、商いに時というものを加えて考えてみるのだ。

「今度のことは、北畠様に話されますか？」

「いや、誰にも教える気はない」

「私も、それがいいと思います」

「少し長くなるかもしれんが、楠木にはそれに耐えられるだけの力はある」

「私には、どういうお役目をいただけるのでしょうか？」

祐清は、これまで正成の気持を読み違えて、何度か失敗してきた。小さな失敗だったが、最初は腹を切ると思いつめるほどだった。失敗を重ねているうちに、開き直った。生意気盛りだが、高言を吐いているわけではなかった。正成に対する、自分の接し方を身につけたというところか。それは悪いことではなく、ようやく祐清も大人になったのだと正成は思っていた。

自分の肚の内を、正成は周囲の者にも読ませない。父が死んだころから、少しずつそうなってきた。決断を伝えるのは、最後の最後でもいいのだ。

一族の頂点に立つ重圧というものは、やはり小さくなかった。父が、兵の調練に執着したのも、わかるような気がしてくる。

少し動いてみようか。そう思いはじめたのは、今年に入ってからだった。じっと、機を見ていた。和泉の和田助家《みぎたすけいえ》から、悪党の動きが伝えられてきた。いずれ、東大寺《とうだいじ》領の荘官の兵とぶつかる。そこでは問題にならず、蜂起を拡げないために、六波羅の兵が出てくるに違いない。和泉、摂津、河内での悪党の蜂起は、京の守りに直接影響してくるのだ。河内での混乱を、正成は慎重に避けた。そうしながら、六波羅の力を実際に測ってみることができる、いい機会になりそうだった。

翌日、正季、神宮寺《じんぐうじ》小太郎、志貴《しき》長晴の三名が、供も連れずにやってきた。菅生忠村、恩地左近《おんちさこん》、寺田祐清の三名も加えて、合議した。守るための方策を話し合ったのではない。和泉を攻めるのである。全員の表情が、強張っていた。動く範囲は十年前と較べるとずっと拡がっているが、それは商いを守るためだった。伊賀に兵糧を送ることはあるが、それはあくまで兵站である。

楠木の軍勢を出す。しかしそれが、楠木軍であると、六波羅に決して知られてはならない。無論、朝廷にもだ。

「ここで合議している者以外に、われらの動きを知っているのは、和田助家ひとり」

「それで、どれほどの兵を出すのですか、兄上？」

「五百」

言うと、正季はしばし絶句した。楠木一族の、全兵力である。豪族に呼びかければ、五千、六千はすぐに集まるとしても、純粋の楠木軍とは言い難い。

「俺が決めた期間、六波羅の兵を追い散らす。それをやるためには、まずむこうに音をあげさせなければならん」

「しかし、河内は空っぽということですぞ、兄上」

「河内では、なにも起きん。したがって、兵も必要ではない。なにかあれば、二、三の豪族に声をかける。それで一千程度の軍勢はすぐにできる。つまり、ほんとうに空になるわけではない。そのために、何年も力を蓄えたのだ。見える兵が、すべてだとは思うな」

「そういうことですか。わかりました。しかし兄上は、なにかやる時の思い切りがいい。俺は、兵を半分出してなどと考えてしまうと思います」

「とにかく、五百は鍛えあげた兵で、手足のように動かせる」

「それで、大鳥荘《おおとりのしょう》のあたりで、ほんとうに悪党の蜂起があるのですか？」

小太郎は、あまり情報を信じない、というところがある。眼の前にいる軍勢が、すべてなのだ。実際、軍勢の指揮には非凡なものを持っている。

蜂起は、必ず起こる。起こすのだ。あらゆることを調べた結果、なにかあればすぐに火がつく、という状態であることはわかっている。自然に火がつけばそれでいいし、つかなければ、つけてしまえばいいのだ。

「大鳥荘の悪党蜂起に呼応して、百名ずつの兵を出す。まず和泉の中で暴れさせ、六波羅の軍勢が出てきたら、一旦退き、大鳥荘を攻める六波羅の軍を、外側から攪乱する。これも百名ずつだが、ほかの者も集まってきて、千は超えるだろう」

「食いものが問題です。楠木軍は別として、ただ集まってきた兵は、食いものがなくなれば、三、四日で腰を抜かします」

長晴は、兵糧と言わず、食いものと言う。巨軀のくせにかん高い声で、なぜか兵には慕われる。

「兵糧は、観心寺から運ぶ。その指揮は祐清で、馬借を使う」

「大鳥荘に籠った悪党の兵糧は、いかがいたしましょうか、殿？」

「馬借から、船頭へ」

「船を使いますか。しかし大軍に囲まれていたら、どうしようもないと思いますが」

「そこが、おまえの才覚だ、祐清。うまくやれ。一年、保《も》たせたいのだ」

「わかりました」

「どうやる気だ、祐清？」

　気になるらしく、小太郎が訊いた。

「殿は、観心寺から運べ、と言われました。古市《ふるいち》郡の正季様の館から運べば近く、玉櫛から運べば大和川を使えます。あえて観心寺からなら、まず南、岸和田《きしわだ》あたりの浜に運び、そこから船で海上に出し、四日かけて大鳥荘の近辺まで」

「四日も、なぜかける。岸和田からなら、まず二刻」

「観心寺から運び、船に載せる。これは米の移動としておかしくありません。四日かければ、別の船ということで、岸和田から運ばれたものとは思われません。それを、また馬借が運び、すぐに小太郎殿なり、長晴殿なりに奪っていただきたいのです。そうすれば、兵糧が河内のものとは思われません」

「兵も兵糧も、河内は関わりがない、と殿は六波羅に思わせたいのですな？」

「その通りだ、小太郎。それでどれほど闘えるか。つまり、兵糧があれば、どれほどの人間が集まってくるのかも知りたい」

「いろいろなことを、和泉で試そうとされているのですな、殿は」

忠村が、関係のないことを喋るような口調で言った。どうせ留守居、と決めこんでいるのだ。

「忠村も左近も、今回は動いて貰うぞ」

正成が言うと、まず左近の眼が輝いた。

「正季を入れて、五人がそれぞれ百名ずつ率いる。和泉の住人誰々と、名前は勝手につけろ。とにかく、和泉の方々で蜂起が起きていると、六波羅に思わせたい」

「躰に辰砂《しんしゃ》がしみこんで、たまらんと思っていたところです。小太郎や長晴には負けません」

「左近はそれでよいとして、忠村、おまえは百名で襲っては、海へ逃げろ。海賊衆も加わっていると思わせるのだ」

忠村は、意外に船に強い。船に強い兵の選別も、正季がきちんとやっているはずだ。よく駈ける者、弓のうまい者、そのほか兵の特長を摑むのも、調練のうちだと以前から正季には言っていた。

「和田殿の役割は？」

「和田は動かさん、正季。当てにするな」

「それは、六波羅に睨まれやすいからですな」

「そうだ。和田を失えば、われらの和泉の拠点を失うようなものだ。和田は、じっと動かず、和泉の豪族の誰が暴れたがっているのか、よく見きわめる」

「深刻な、すべてを賭けた戦とは思ってはならないのですな」

「六波羅の力を測る。なにかあった時、人がどういう動きをするかも探る。いつか、それが役に立つ」

　調練のようなものだ、と正成は思っていた。

　実戦の中で、兵と、そして指揮者の力を見きわめることもできる。

　なにか、予感があった。そろそろ、そういうことをやっておいた方がいい、という気がしてならないのだ。調練は積んでも、楠木軍に大きな戦の経験はない。

「殿は、どうされます」

　忠村が言った。自分が留守居ではなく、戦に出るのだということが、まんざらでもなさそうな表情をしている。

「俺は、玉櫛と赤坂村を行ったり来たりだ。戦の間も、商いはやらなければならん。玉櫛の、兵衛《ひょうえ》と四郎《しろう》は、眼の回る忙しさであろうよ」

「恨まれますな、あの二人に」

「まあ、そういう役回りだ、小太郎。それに兵衛は、もう戦場には出したくない。それから正季、おまえの下に正家《まさいえ》をつける」

正家は従弟《いとこ》になる。十六歳で、そろそろ屋敷を構えさせるころだ、と正成は思っていた。

「正家の性根は、俺がしっかり見きわめます。それにしても、兄上は戦ができませんな」

「俺は、昔から戦は嫌いなのだ。調練にも身が入らぬ。せいぜい、おまえたちが討死しないよう、願でもかけよう」

正成は、そう言って手を打った。

酒が運ばれてきた。酒肴《しゅこう》も、いつもより数が多い。刈入れの日なのである。

夕刻になって、北畠具行が帰ってきた。小太郎と長晴はすでに戻っていて、残っているのは正季だけだった。

具行は、しばし収穫の興奮を語り続けた。この公家が、半年もよく保《も》ったものだ、と正成は思った。やると言ったら、最後までやるかどうか。人の性根は、そういうところから見えてくる。

「叡山におられる法親王にも、これでよい報告ができる。しかし、正成殿はなぜ刈入れに加わらなかったのだ？」

「資格がありません。官位とかなんとかとは、まるで違う資格です。はじめから加わり、守り育てた者だけが、持てる資格だと思います。その資格を持った者だけが、与えられる喜びなのです。北畠様は、間違いなくその資格をお持ちです」

「いや、村の人々にとって、私は邪魔なだけであったろう。やってみて、痛いほどによくわかった。それでも、やってよかったと思っている」

「民とは、もともと複雑なものではありません。政事が、複雑にしてしまうのです」

「以前なら、違うと言っただろう。いまは、それも正しいと思う。政事が必要であることも、また正しい。どういう政事かで、民の暮しが決まると、頭ではわかっていたのだが。いま、私にははっきりと言える。幕府の、北条氏の政事は、間違っている」

「間違えようと思って、そうしたわけではないと思うのですが」

「正さねばならぬ。常に、政事には、それを正す力が働かねばならぬ」

「そうなれば、悪党などでいる必要もないのですが」

「とにかく、私は感動した。これが生きていることだと思った」

具行の童のようなはしゃぎぶりを、正季は冷やかな眼で見ていた。なにをいまさら、という気分になるのだろう。

「明日は、猿楽の興行もあります。北畠様も、笙《しょう》の笛でそれに加わられたらいかがです？」

「加えてくれるであろうか？」

「芸能が、民の声そのものだということが、おわかりになります。民の喜びや苦しみを、ともに聴き、酔う資格を、北畠様はお持ちになりました。笙の笛を、村人たちはむしろ聴きたがっておりましょう」

「笛の手入れを、しておこう」

具行は、居室である客殿に入っていった。半年以上、供もなくそこでひとりで暮してきた。下女をつけようという正成の申し入れも、断ったのだ。

「兄上、公家を屋敷に泊められるのは、いっこうに構いませんが」

「正季、おまえは俺が、帝に無私の奉公をするのではないか、と心配しているのだな」

「わかっておられるのなら、なにも言いますまい」

「朝廷は、確かに無私の奉公を求めてくる。すべてを投げ出せとな。しかし、それは人の本性に反するであろうと俺は思う」

「無私の奉公がですか？」

「そうだ」

「反するというより、馬鹿げていると俺は思います」

「無私というのは、人の行動を飾る言葉だな。つまり、ただ言葉だけなのだ。手柄のあった者には、官位が与えられる。無私を求めていながら、どう報いようかと常に考えているのも、朝廷であろう」

「兄上が、官位などを求めておられるとは、俺には思えませんが」

「俺が求めているのは、もっと違うものだ。官位などという小さなものは、いらん。もし、帝や朝廷のために働くなら、もっと大きなものを貰う」

「なんです、それは？」

「まだ見えん。だから、言葉にもできん」

正季はちょっと首を振り、客殿の方へ視線を送った。

村人が、屋敷の中の数カ所で、火を燃やしはじめた。童たちも、集まってきている。

「どうやって、この乱世を生き延びるのか。俺は、それを考えるのが一番だと思います」

「考えている」

「それは、兄上のことですから」

「考え抜いたが、小さな知恵では生き抜くことはできんとわかった。商いがうまくても、上から押さえられれば、それで終りだ。戦がやれても、いつまでも続くまい。結局は、悪党は滅びるのだ」

「それでは、なんのために？」

「正季、よく聞けよ。小さな知恵では、悪党は滅びると俺は言っている。赤松円心は、それがわかっているだろう。金王盛俊なども。しかし、どうすればいいかは、わからんのだ。

いや、わからなかった、と言うべきか」

「少しは、わかってきたということですか？」

「悪党が、まとまらなければならん、ということはな。今度、和泉に出兵するのも、悪党がまとまれるかどうか、試すためだ。まとまって、いまの幕府の力と闘えるかどうかをな。和泉に出兵しても、いまの楠木にはなんの利益もない。しかし、やってみる」

「いずれは、ひとつにまとまるためにですか。そうする以外に、悪党が生き延びる道はないのですか？」

「ないな」

「乱世の中で、力を蓄えていけば」

「潰される。いまは、悪党のひとつひとつが小さいから、看過されているのだ。大きくなれば、潰される」

「しかし、難しい。どうすればまとまれるか、俺にはわかりません。悪党は、それぞれ腹を立てていることが違うし、逆らっている相手も違います」

「もう少し待て、正季。俺は、やっと小さな知恵を出しきったところだ。大きなものは、これから出てくると思う」

「待ちながら、いろいろなことをやってみる。兄上らしいな」

「俺が、なにをやった」

「和泉で戦を企てたり、公家を屋敷に泊めたり、方々を旅したり」

「兵は、おまえが鍛えてくれている。商いや辰砂などで、潤ってもいる。こういう時こそ、考えるべき時であろう」

「考えることは、兄上に任せたのです。俺の仕事は戦。そう思っていましたのでね。今度和泉で戦ができることが、単純に俺は嬉しいのですよ」

「俺は、北畠具行という公家が嫌いではない。しかし、好き嫌いとは別に、俺はあの公家の心は摑んでいたい。そこから、別のものに繋がっていくはずだ。途方もないものにな」

「途方もないものですか」

低い声で、正季が笑った。

「商いは、最後は勘だ。測るものをすべて測り尽しても、まだ見えないものがある。それを勘で補って、動くのだ」

「兄上は、悪党をまとめることを、商いのように言っておられる」

「商いだ。損ができぬ勝負だからな」

比佐が、縁に握り飯などを運び、集まった村人に配りはじめた。干魚を焼いたものなども、大量にある。

「あの公家は、まだ出てこないな。化粧でもしているのでしょうか」

正季が、客殿の方に眼をむけて言った。

4

大鳥荘での蜂起が、三月目に入った。もうすぐ、年が変る。

はじめは、どうということもない蜂起だった。三人の豪族が、それぞれの屋敷に籠り、時々出てきては、米倉を荒らすことをくり返したのだ。

荘園側では打つ手がなく、自ら闘うこともせずに六波羅に訴えた。

六波羅は、すぐに兵を出したが、一千という数だった。蜂起した悪党たちが、およそ二百。一千でも大軍のはずだった。

その一千が、和泉に入るとすぐに打ち払われた。屋敷に籠り続けるというこれまでの悪党のやり方ではなく、外に出て迎え撃ったのだ。

それでも、二百だ。六波羅軍は、明らかに甘く見ていた。大軍で押し包み、討ち果そうとしたのだ。包囲の外からの攻撃など、まるで考えていなかった。

百名単位の楠木軍が、外から撹乱をはじめると、すぐに浮足立った。内側からも呼応し、戦は半刻と続かなかったのだ。

六波羅は、兵数を二千に増やして、再度討伐を試みた。屋敷に籠る悪党そのものの数は、まったく変っていなかった。

ただ三人の豪族は、一番大きな屋敷にまとまって籠った。六波羅軍は、素速くその屋敷を囲んだが、また外から攻撃を受けた。外から攪乱しようとしてくる者たちに対して、一千の兵力を割いてきたが、うまく捕えることはできず、追えば散るということがくり返された。退こうとすると、村人の間から、湧き出したように敵が出現してくる。

そのくり返しで、四百ほどの兵が倒れた時、六波羅軍は撤退をはじめた。それに対する追撃と横からの攻撃がすさまじく、さらに四百を失って、六波羅軍は和泉から脱出した。和泉は、興奮に包まれていた。それを肌で感じるために、正成は三日間だけ和泉に入った。手応えは、充分だった。勝てるということが、人々にわかりはじめたのだ。

正成は、玉櫛と赤坂村を往復しながら、待てるだけ待った。

年が明けると四人の豪族が蜂起し、二百から三百に兵力が増えた。

それから、異変が起きはじめた。それは、加布や尾布の手下から、毎日報告されてきた。朝になると、蜂起している豪族の屋敷の周囲に、数十人が集まっているというのだ。武装している者も、棒や竹を持っているだけの者もいた。それは毎日続き、一月も終りに近づくと、蜂起の兵力は一千を超えた。

「闘っているのが、蜂起した者たちだけではない、とみんな知っています。今度六波羅軍が来た時は、和泉の住人のすべてが敵だと思うようなことが起きるでしょう」

　玉櫛の館にやってきた和田助家が、冷静な口調でそう言った。二度目の討伐軍を追い返した時から、正成もそう予想していた。

「武器、武具などが、思ったほど手に入っていないようだが」

「そこですよ。敵の残した太刀や薙刀《なぎなた》などを、回収するより先に、持ち去った者がいるのです。その者たちが、次の六波羅軍の攻撃の時に、武器を持って出てくるのですよ」

「そこまで、うまく事が運ぶかな」

「裏で操る正成殿が、そういう弱気では困りますな。六波羅軍を二度も撃退したことで、畿内の悪党たちも、一心に眼を和泉に注いでいます。目下のところ、誰の心にも兵糧の不安がありますが、寺田殿の仕事が実に巧妙に行われています。船一艘分の兵糧が奪われたり、商いのための年貢米が奪われたり、ということが和泉にいてはっきりわかるのです。つまり、誰もがいま、兵糧の計算をしているのですな」

「なるほど」

「それを目論んでおられたのでしょう、正成殿は？」

「確かに目論んだが、そこまで乗ってくれると、狐につままれたような気分になる」

「猿楽の一座に、京や南都（奈良）などで噂を撒かせてもおられる。六波羅が、無様に負けたと。次の討伐軍は、四千にも五千にもなりますぞ」

二月も終りに近づくと、蜂起する豪族はさらに増え、それ以外にも方々に五十、百と集まって、砦のようなものを築き、籠りはじめるという動きが出てきた。楠木軍も、うまくそれに紛れて、各地に散っていた。

海賊衆も、加わりはじめているという。

日野俊基が玉櫛に現われたのは、三月に入ってからだった。山伏の身なりで、供は連れていなかった。

「河内は平和だな、楠木正成」

「はい。それほどに、民に不平が溜っていないのだと思います」

日野俊基は、単身で和泉を歩き回ってきたようだ。

「和泉と較べると、河内は眠っているようだぞ。いま河内で蜂起が起これば、和泉、河内、伊賀と、悪党の線が繋がるではないか」

「それで、私にどういう利益があがるのでしょうか、日野様?」

「利益だと」

日野俊基は、露骨に不快そうな表情をした。

「みなが、こぞって六波羅にたちむかっているではないか。ここで、おまえはなぜ決起せぬ」

「商いがございます」

「そんなものは、六波羅を潰せば、いくらでもできる。いまよりもずっと大がかりにだ。眼を醒せ、楠木正成」

「この正成、いつでも眼は見開いております。和泉がこれだけ乱れれば、京の米が不足いたしますな。つまり、値があがるということです」

日野俊基は、供の代りに、六波羅の密偵を間違いなく連れてきていた。せめて山伏姿を変えればいいのに、以前に捕縛された時と同じ恰好である。これが、公家のほんとうの姿だった。失敗から、なにも学ばない。

「しばらく、ここに滞留する。よいな？」

「困ります」

「なんと」

「日野様は、私になにをくださいますか？」

「幕府が倒れた時は、河内の国司にもしてやろう。帝への拝謁も叶う」

「いま、この時の話を、私はしております」

「おまえは、官位を欲しないのか。無位無官のまま、河内の豪族で終るのか？」

「幕府が倒れたら、官位は銭で購《あがな》います。もし官位がなければ人と認められぬということになればです」

日野俊基は、立腹し、錫杖《しゃくじょう》を振り回して館を出ていった。

和泉の状況は、それ以上大きくは動かなかった。六波羅が、畿内の地頭や御家人をせき立て、大軍の編成をはじめたのだ。四千から五千の間だという。

若い僧が、訪ねてきたのは、夜中だった。三月の終りで、まだ冷えこむことが多かった。旅の途中で、宿を求めたいのだという。応対した恩地兵衛が、わざわざ寝ていた正成を起こしに来た。それで、正成は会ってみる気になった。

強い眼ざしが印象的な、若い僧だった。下人をひとり連れている。

正成は笑い出した。水干《すいかん》姿の下人と見えたのは、北畠具行だったのだ。昨年の農耕で陽焼けした肌がそのままで、手なども無骨になっている。

「北畠様は、農耕と同時に、農民の中に姿を隠す方法を身につけられましたな。誰がどう調べようと、農夫にしか見えません」

「六波羅の密偵が、百人余も河内に入ったというからな」

「河内ではなく、和泉の間違いではないのですか？」

「いや、河内にだ。いま河内が乱れれば、この蜂起は燎原《りょうげん》の火のごとくに拡がる。六波羅は、そう見ている。だから和泉の動乱には慌てて集めた御家人の軍を当てているが、河内には直轄軍を待機させているのだ」

六波羅も、ひと条縄ではいかないところがある。さすがに、統治の歴史というものを感じさせた。いまは、河内なのだ。河内さえ乱れなければ、和泉の蜂起はいずれ終熄《しゅうそく》する。そう見ているのだろう。

冷たい汗が背中を流れるような気分に、正成は襲われた。

楠木の兵力が空になっていると見られないように、豪族の間から百名ほどの兵を集め、古市郡の正季の館に配してある。そこまで手を打っていてよかった、と正成は思った。

「ところでこの若い僧は、赤松則祐と申す者です。法親王のお側に仕える者だが、この度、和泉をよく見てくるようにと、法親王の命を受けて、私とともに旅をしている。まあ、和泉はよく見たし、播磨にも行ってきた」

「赤松則祐殿。円心殿とは？」

「はい。三男になります」

赤松円心は、思った通りに周到な男だった。長男、次男を摂津に配し、三男は大塔宮の側に置いている。なにが起ころうと、対処できるという構えだった。

「円心殿とは、会われたのか？」

「ひと晩、語り明かしました。寺田方念《ほうねん》が、和泉におけるような戦をやれば、悪党は違うものになったであろう、と楠木殿に伝言してくれということでした」

読んでいる。この二人は、ただ言葉を伝えているだけだが、赤松円心は、和泉の混乱の背後に正成がいることを、はっきりと読んでいる。そして、それを伝えてきた。

また、正成の背に冷たい汗が流れた。

自分が読んでいるということは、六波羅も読むかもしれない、と円心は正成に伝えてこようとしていると思えた。

軽率なことはやめろ、と円心に言われているような気分だった。

「和泉の混乱は、悪党の力がどれほどのものか、天下に知らしめたと思う。私は早く叡山に戻って、このことを法親王にお伝えしようと思う」

「そうですか。混乱は、河内にまでは及んできませんが」

「この混乱には、いまひとつ、なにかが足りないような気がするのだ、私は。つまり、大義と名分がない。違うだろうか、正成殿。それがあれば、混乱は河内にも、畿内、いや全国にも拡がったであろうに」

「よくわかりませんが、則祐殿も同じ考えですか？」

「不思議なのです。和泉だけでこれほどの混乱が起きるのは、どうも不自然だという気がしてならないのです」

「不自然とは、本来そうあるべきではない、ということですか？」

「本来の姿は別として、いまの和泉の混乱は、どこから起きているのかよく見えません。三人か四人の豪族が、半分自棄《やけ》になって決起しただけなのに、なぜ和泉全土が動くのですか。なにか、あるような気がします。こういう言い方が心もとないということは承知で、私は申しあげております」

「ふむ」

正成は腕を組んだ。

和泉で重要なのは、退《ひ》き時だということに変ってきている。蜂起に応じる人の集まり方、動き、豪族のまとまり方。そういうものは、かなりのところまでわかった。次の四、五千の討伐軍は、かなり強力だろう。それを打ち払ったところで、和泉の混乱は終熄させた方がいいかもしれない。

尾布や加布は、すでに和泉に置く理由はなく、手下とともに京に潜入させている。猿楽の一座も、二つ京に入っていた。六波羅の動きは、そろそろわかってくるころだ。

「法親王が、天台座主を辞されてな。叡山にも、いろいろとあるのだ。秋には、もう一度座主に還補されるはずだが。相変らずのお暮しで、武人のような日々だ」

「おいくつにおなりですか？」

「二十二歳になられておる。どこか、大人になられたのだと思うことはあるが、清冽《せいれつ》なものを失ってはおられぬ」

「則祐殿は、ずっとお側に？」

「叡山に入られてよりは」

「円心殿は、叡山に登られたことは？」

「ございません。時に、摂津の兄の館まで駈けたりはいたしますが」

「播磨はずいぶんと近くなった。和泉の混乱で、この正成はしみじみとそう思いました。和泉を挟んで、播磨と河内があるようなものだ。正成がそう申したと、なにかの折にでも、父上にお伝えくだされ」

「それはもう。父とは、頻繁に書状のやり取りをいたしておりますので」

円心が、忍びをどれほど放っているかは、わからない。街道を押さえ、航路にも影響力を持つ正成ほど、情報は集めやすくはないだろう。その眼や鼻になっているのが、摂津や叡山の息子たちなのか。

「楠木殿、伊賀の服部持法や金王盛俊の動きなどはどうかな。楠木殿を誘って、和泉の混乱と呼応しようという気配はないのか？」

「ありませんな。むしろ、いまはほっと息を抜いているのではないでしょうか。何年も、六波羅と対峙を続けているような緊張が続いていましたから。北畠様、服部一族には、私の妹が嫁いでおります。ですから、動きはずいぶんと早く伝わってきます」

「大和などには？」

「それも、ありません。重里氏久、持久父子は、確かに悪党的なものは持っております。自らの力で立つという。しかし、大和には六波羅とぶつからなければならない理由は、あまりないでしょうから」

「そうか。やはり、和泉だけが、不自然に燃えあがっているということか」

「北畠様、いまの和泉の混乱を、朝廷ではどう見ておられるのですか？」

「六波羅の負け続けで、溜飲を下げている者ばかりだ。混乱を大きくして、そこに武士が加わりやすいようにしよう、と考えている者も一部にはいる」

「日野俊基様などですな」

「来たのだな、ここにも」

「官位を、くださるそうです」

「埒もないことを。官位で動くのは、無位無官の武士の一部ぐらいのものだろう」

「和泉の混乱が、なにかの前兆であり、もしかすると全国に拡がるかもしれないものだ、というふうには考えられていないのですね」

「残念ながら、廷臣たちの頭の中では、やはり武士の存在が大きいのだ。何代にもわたって、武士に押さえつけられてきたのでな。叡山の法親王ぐらいであろう、武士とそうでない者たちとの闘いと見ておられるのは」

「そうですか。私には、なにかの前兆のように感じられてならないのですが」

北畠具行も、赤松則祐も、じっと窺うような視線を正成にむけていた。正成が、次になにを言うのか、じっと待っている気配だった。

「もっと大きな、この国を揺るがすような混乱の前兆。しかし、朝廷では溜飲を下げているだけなのですか。時勢の流れを、しっかり見ようと思っておられる方は、おられないのですか」

「みんな、時勢は朝廷が作るものだ、と思っている」

「ならば、作られればよい。人に、闘え、死ねとばかり、朝廷では言っておられるように見えます。失礼ながら、北畠様でさえ」

北畠具行の表情が、ちょっと歪んだ。

「朝廷は、混乱をただ愉しんでいるだけ、というように私には見えますな。北条高時《たかとき》は、政事を忘れて田楽《でんがく》や闘犬にうつつを抜かしているそうですが、朝廷もそれと変りないではありませんか」

「それは言い過ぎだ、楠木殿。混乱を愉しんで眺めているなどと」

「違いますか。倒幕の謀議は練られているのかもしれません。しかしそれも、人の力を当てにしたものではないのですか。鎌倉に発覚すれば、すぐに詫びる。朝廷だから許されているものの、これがどこかの豪族であったら誰ひとり相手にしないでしょうな」

「不敬にもほどがあるぞ、正成」

「相手が、北畠様だから申しあげております。自ら決起し、命がけで闘おうという公家が、ひとりでも二人でもいないのですか。各地の蜂起では、数えきれないほどの民が闘い、死んでいるのです」

北畠具行は、顔を紅潮させたまま黙りこんだ。赤松則祐が、伏せていた眼をあげた。

「楠木殿は、悪党をひとつにまとめようと考えてはおられませんか?」

「さてと、まとまるものかな」

「少なくとも、楠木殿と父とでは、ひとつになるのは難しくないことのように思えます」

「まさか、円心殿にそう言えと?」

「違います。ふと、楠木殿が父に似ておられる、と思っただけです」

「円心殿と私がか」

正成は笑ったが、赤松則祐は笑っていなかった。正成を見つめる眼に、不敵な光がよぎる。赤松円心が、この息子を大塔宮の懐に放りこんだのが、正成にはわかるような気がした。

必ず、ひとつかふたつ先まで読む。円心に似ているのは、この息子の方だ。

二人は、翌朝出立した。

大和の方へむかうらしく、どこから見ても旅の僧としか思えないはずだ。

正成は、相変らず、玉櫛と赤坂村を往復し続けていた。

四千五百の大軍が、和泉にむけて進発したと尾布が知らせてきた。加布と手下の五人は、まだ京に残っている。尾布は、すべての報告を済ませると、和泉に入った。

六波羅軍は、かなりの精鋭で構成されていた。しかし、直轄の軍ではない。それはいまだ、京を動こうとしていない。

和泉に入った六波羅軍は、丸一日は何事もなく進軍した。野営の最初の夜から、小さな攻撃がはじまった。夜が明けると、全軍を三段に分けて進みはじめた。どうにでも対処できる、ということだろう。ひとつが崩れかければ、他の二つがさらにその外からの掩護ができる。

正季の、腕の見せどころだった。正成は、なんの指示も与えず、ただ動きを見守った。尾布の手下から入った。三段に構えた敵の、最後尾を集中して襲いはじめた、という報告が、正成はとっさに判断できなかった。現場の兵力の状況がうまく摑めないので、それが最善の策かどうか、正成はとっさに判断できなかった。ただ、正季が考えたことは、よくわかる。最後尾が攻められれば、先を進む第一段、第二段は引き返すしかない。つまり、後退である。その機を狙って全力で攻めかかり、和泉から打ち払おうとしている、と読めた。

しかし、最後尾が崩れながらも前進したという報告が入った。最後尾は第二段と合流し、さらに進んで第一段とも合流した。かたちでは、六波羅軍が和泉の奥へと攻めこんだということになる。

次々に入る報告を聞き、正成はにやりと笑った。六波羅も、同じ過ちを何度もくり返しはしない。胆力もあり、兵の指揮もうまい大将がいる。

この次に、正季がどうするかだった。蜂起した者のすべてを集結させて、まともにぶつかり合おうとすると、面倒なことになる。京の六波羅直轄軍が動けば、たちまち挟撃を受けることになるし、すべてを集結させたところで、こちらの兵力からその構成まで相手に見抜かれる。

正季が逃げはじめたという報告が入った時、正成は思わず心の中で快哉《かいさい》を叫んだ。武士のような面目へのこだわりを、正季は持っていない。根っからの、悪党のやり方だった。思った通り、六波羅軍は、逃げる敵のまとまった部分を追いはじめた。そうやって相手を動かせば、いくらでも隙はできる。

逃げているのは一千五百ほどで、大鳥荘の南の海岸にむかっているという。そこは、やがて海に遮られる。

大鳥荘から南西一里半のところまで、千五百は逃げ、そこで諦めたように砂浜に陣を組んだという。

面白くなってきた。正成は、知らず自分の血が騒いでいるのに気づいた。

六波羅軍も、慎重に陣を組んだ。陣形の報告も、尾布の手下がもたらした。きちんとした方陣が二つである。正面の敵とぶつかった時の、側面か背後からの攻撃を、明らかに警戒している。もう一方の側面が海であることが、六波羅軍に有利に働いていた。

夜襲からはじまった。正面からも、側面からも背後からも、六波羅軍は攻撃を受け、しかし揺るがなかった。ところが翌朝、海上に百余艘の船が並んでいたという。その船が一斉に漕ぎ寄せてきた時、陸上からも総攻撃がはじまった。六波羅軍が持ちこたえていたのは、ほんのわずかな時だったらしい。

あとは、和泉深くに入ってしまった六波羅軍が、追い撃ちに討たれながら、摂津へ逃げこんだだけだ。

和泉が戦捷《せんしょう》で大興奮に包まれている間に、正成はひそかに楠木軍を撤収させた。それから、和田助家に、蜂起を終熄にむかわせるよう、動くことを依頼した。

帰還した楠木軍では、まず損害が調べられた。討死十八、負傷が三十二にしかなっていなかった。

和泉の混乱は、五日の間に嘘のように終熄していった。兵糧が尽きたという和田助家が流した情報が、思った以上に効いたようだ。もともと、蜂起の当初の目的は果してしまってもいたのだ。

静かな和泉に戻った。

それがなぜなのか、六波羅も朝廷もわかりはしなかっただろう。

赤松円心は、多分見抜いている。金王盛俊も、にやりと笑っている。各地の悪党の中でも、これならばと思った者が何人かはいるだろう。

「正季、楠木軍は、一千に増やせ。今度の戦で力を見きわめた者を指揮者に据え、すぐに調練に入れ」

「おや、人使いが荒くなられましたな、兄上は」

「使っても減らんやつだ。おまえのことを、そう思うようになった」

「戦に加わってきた者は、最後には一万に達していた、と俺は思います。統一した動きは、楠木軍がいなければ無理だったでしょうが。俺らは、民の間に潜在してはいるが、相当の兵力を持っているということではないでしょうか」

「正季、ひとつだけ心しておけ。それは勝っている間の兵力にすぎん」

「そうですね」

「見きわめるものの、かなりを見きわめた。俺はこれから、商いに精を出すぞ。その間に、新兵の調練も進むだろう」

なにかがはじまる。その予感は、正成の内部で、さらに強いものになっていた。

やがて、夏である。

正成は、三人目の男子を得た。天が、なにかを自分に与えた、という気がした。

赤坂村は、のどかそのものだった。

5

楠木正成がなにを心の底で思い描いているのか、具行は考え続けていた。

実際に調べてみると、正成の力はただの悪党と呼べないほど、河内では大きかった。それが河内に留まらない力であると見えてきたのは、和泉の悪党蜂起の際である。所詮は六波羅に押し潰されてしまう小蜂起だったはずのものが、三度までも六波羅の討伐軍を打ち払ったのである。ただごとではなかった。六波羅もそれを感じたのか、直轄軍に動員をかけようとした気配がある。

しかし蜂起は、三度の勝利をよしとして、急速に収束した。兵糧の欠如とも言われていたが、にわかには信じ難い。

和泉の蜂起の特徴は、周辺からの参戦である。蜂起そのものの人数は少なかったが、外側からそれに加わろうとする者が多く出て、結局は討伐軍を圧倒した。直接蜂起の理由のない者が、強力に支援したというかたちである。

そこに、河内の楠木の影がある。兵糧のみならず、実際に支援の核となる兵力を出したのではないのか。そして小さな蜂起を、巧妙に和泉全域のものとした。和泉だけでなく、摂津も動いた気配があるし、瀬戸内海の海賊衆も間違いなく組織として動いた。

伊賀、大和はもとより、和泉、摂津、そして瀬戸内海と、正成の力は拡がっている。いや、それ以上かもしれない。しかし、正成は河内の豪族であり続け、その正体を見せることはない。

「海運というのは、それなりの役割を果しているのだろうか？」

「それは、北畠様が思っておられる以上に」

播磨佐用郡《さよぐん》の、赤松円心の館である。ここには二十名の家人もいないが、円心は恐らく二千近い軍勢は抱えているはずだ。しかし円心もまた、その力を巧妙に隠している。

「淀川《よどがわ》や大和川《やまとがわ》の水運は、確かに京や南都（奈良）への物流を担っております。しかしそれは、物流の最後のところでございましょう。全国各地からの物資は、ずっと以前から海を通ることが多かったのです」

「それを、誰も利用しようとしなかった。ただ海賊衆がいたというだけで。和泉の蜂起の時に、なぜ海賊衆は動いたのであろう」

「利が得られる、と見たからでしょう。海賊衆は、戦もしますが、商人です」

「どんな利が」

「さあ。眼先の利ではなかったかもしれませぬな。それを海賊衆にわからせた者が、多分どこかにいるのだと思います」

「和泉の蜂起に、外から加わろうとした者たちか？」

「さて、そちらの方は。私は、播磨の片田舎で、ほとんど隠棲しているようなものですから」

円心が、しばしば摂津へ行っていることを、具行は知っていた。摂津には、長男範資《のりすけ》の館がある。多分、京へも行っているだろう。

正成ほどではないにしても、円心も動き回っている。平然と、三男を大塔宮のもとに送りこんだりもする。

二人とも、複雑だった。動く時は動くが、たえずひとつのことを沈思しているという気配はあった。二人は、なにを見ているのか。

少なくとも、帝の周囲の廷臣たちより、ずっと遠くを見ている、と具行は思っていた。廷臣たちは、北条氏の執政の誤りを嗤《わら》い、反北条の武士の蜂起をただ心待ちにしている。驚くべきことだが、それだけのことしかしていないのだった。

昨年の秋、皇太子と誰もが見ていた世良親王が、病で没した。いまは、誰を皇太子にすればいいかわからないという状態だが、最年長の大塔宮護良親王の存在が、きわめて大きなものになってきていた。ただ、天台座主である。還俗《げんぞく》という動きは、まだはっきりと出てはいない。比叡山は、どうしても押さえておきたいところで、いまのところ大塔宮に代る人材がいないのだ。

「和泉での悪党の蜂起が重大なことだと、大塔宮が考えておられるのは、則祐殿から聞いておろう。私も、あれがなんだったのか、考え続けている。廷臣の中で、あの蜂起に着目している者はおらぬが」

「大塔宮は、どう見ておられるのです？」

「和泉にとどまらず、摂津、播磨、そして河内と拡がれば、六波羅を圧倒できることがはっきりしたと。倒幕の大きな力のひとつになる、とようやく認識されたようです」

「悪党が、まとまればでしょう」

「大塔宮は、まとめる方法があるはずだと、ずっと考えておられる」

円心には、倒幕という言葉を口にするようになっていた。無論、二人だけの時である。正成には、そういう話はしていない。信用するしないでなく、心への踏みこみ方を変えるべきだ、と具行は考えていた。

「まとめるとしたら、正成殿か、あるいは円心殿だろう、と私は思う」

「どちらにも、まとめられませんな」

「力量は充分だと見ているのだが」

「私も楠木殿も、悪党がどういうものか、知りすぎています。私は、播磨に隠棲した昔の悪党で終るでしょうし、楠木殿は、畿内のみならず、全国の物資を扱う商人になられるでしょう」

それは、なにも起きない場合だった。鎌倉の幕府も、物資を動かす商人は必要としている。そういう時代になっているのだ。御家人が、領地にしがみついてそれを守るだけでは、すでにやっていけないことは、いまの混乱が証明している。

なにか起きるとすれば、朝廷からだ。悪党はすでに、事を起こしている。和泉や伊賀の混乱以上のものを、これから起こせるとは思えない。

「円心殿は、帝という存在をどう思う?」

「どう思うとおっしゃられても、古来から帝はこの国におられた。人が敬うように、私も敬っております」

「悪党たちは、どうであろう?」

「敬っておりましょう。敬うためにおられるのが、帝でありますから。武士たちもまた、敬っています」

「私が、いささか危険な話をはじめた、と思っているな、円心殿は」

「当たり前のことを、申しあげただけです」

「私は昨年、河内赤坂村の、正成殿の館にいて、田を作った。その時はじめて、民というものがなんなのか、いくらか知った気がした。民に、帝はいらぬ」

「これはまた、北畠様がそのようなことを言われますか」

「民に必要なものは、平和だけだ。平和をもたらすのは、政事であろう。政事がどうあるべきか考えた時、はじめて帝というものが出てくる」

土を耕している時、田を作った時、そこに稲が育った時、具行は帝の存在のことは忘れていた。収穫の祭りの時もそうだった。

あの、躰がふるえるような喜びはなんだったのだ。廷臣たちの間にいると、しばしばそれを考える。

帝は、民はすべて自分のために存在している、と考えている。帝だから、それはそれでいい。廷臣まで、同じように考えて果していいのか。そこに、大きな間違いがあるのではないのか。

「北畠様、ものは深く考えればいいというものではございません。たまには、なにも考えない、ということも必要でございます。私の館におられる時は、そのようにして過されたらいかがです」

帝が、幕府が、という話は聞きたくない。円心は、そう言っているようだった。正成も、この話題は避けようとしていたものだ。

「今年は、日照りが続くな」

庭に眼をやり、具行は言った。凶作であることは、すでにはっきりしている。自分が田を作ったのが、今年であったらどう思ったのだろうか。凶作の苦しみと悲しみを、やはりこの身で感じたのだろうか。

円心の館に、具行はひと月逗留した。

そのひと月でも、円心の肚の底はやはり見えなかった。朝廷で謀議をこらしている廷臣たちの肚の底は、見えすぎるほど見えるのに、円心や正成のものは、決して見えない。則祐の従者という身なりで、具行は美作《みまさか》、伯耆、因幡《いなば》を回り、叡山へ戻った。則祐のための旅でなく、具行のための旅だった。

叡山では、僧兵の調練が行われていた。それはすでに、見慣れた光景になっている。

「伯耆には、海賊衆で名和《なわ》長高《ながたか》（長年《ながとし》）と申す者がおります。これも悪党で、海上に六波羅の力が及ばない分、勢いは盛んでございます」

旅のあとでは、見聞してきたものの報告を大塔宮は必ず聞きたがった。特に、悪党の動向に関心を持っている。

「私は天台座主を辞し、次の座主が決まったら還俗しようと思う」

ひとしきり具行の報告を聞いてから、大塔宮は強い口調で言った。

「それは、朝廷では？」

「無論、話は通っている。宗良が次の座主になれば、それでよい。私は、もう少し先の見える場所に立ちたい」

「叡山では、見えませんか？」

「京は見える。叡山から見えるのは、京だけだ。南都北嶺を押さえるという帝のお考えは、すでに果されているであろう。座主が私である必要は、もうない」

帝は、奈良興福寺や叡山にしばしば行幸し、二つの勢力をほぼ朝廷側につけた、と考えているようだ。実際、両寺ともに朝廷に恭順の意を表しているとは聞いた。

しかし、寺は動かぬ。具行はそう思っていた。自らの存在を賭けてまで、動こうとはしないはずだ。所詮は寺領を守ろうとする集団にすぎず、その意味で領地を守る武士と同じだった。宗門というものを楯にとっているだけ、武士よりも古臭いと言っていい。

具行は、寺社勢力をあまり信用してはいなかった。本気で闘うのは、宗門が潰されるという時だけだろう。

ただ、まとまった力であることは確かで、南都北嶺を味方につけようという帝の考えそのものは、間違っていない。

「座主を辞されれば、それこそまことに大塔宮になられますな」

宗良親王は大塔宮の同母弟で、尊澄《そんちょう》という法名ですでに叡山に入っていた。兄と較べるとすべてがひ弱で、争いを好まない性格である。そろそろ、そういう座主の方がいいかもしれない、と具行は思った。

「先が見える場所とは、どこでございますか、大塔宮様？」

「さて、それはこれから捜す。とりあえずは、楠木正成に会いたい。則祐や、祐乗坊、四郎丸の話などを聞いても、先年の和泉の騒動は背後に正成の影が見える」

「影だけでございますぞ、それは。六波羅もなんの証拠も掴めず、正成は河内でのんびりと暮しております」

「だから、叡山に呼んだ。四条隆貞を、使者に送ってある」

「来ますか？」

「必ず、来ると思う。和泉の騒動は、私になにかを伝えようとしたのではないか、という気がしているほどなのだ」

あの正成が、ほんとうに来るのか。もし来たとして、悪党をまとめることを引き受けたりするのか。

大塔宮の考えは、正成に悪党をまとめさせ、自分の指揮下の軍勢にしようということだ。なんの見返りもなく、悪党が動くのか。

しかし、正成は実際にやってきた。

供は寺田祐清と加布、尾布の三名だけだった。ほとんど単身で、叡山へやってきたということだった。

「よく来てくれた」

宿坊で対面した大塔宮は、懐かしそうだった。正成は、あまり表情を出していない。奇妙な雰囲気だった。皇子《おうじ》たる人と悪党、という感じではない。兄と弟の出会いにも似た気配が、束の間、漂っていた。

「よく来てくれた。おまえが来てくれるかどうかに、私は賭けていた」

「お召しでしたので」

「いや、来てくれたのだ。私にはわかる。いくら召し出そうと、動かぬ時は決して動かぬ男であろう」

正成は、ちょっとほほえんだようだった。

「虚心に語ろう。私は、おまえが来てくれたことを嬉しく思う。そして、私の考えが成就するであろうという確信を持った」

「恐れ入ります」

「私は、朝廷の軍を組織したい。そのために、悪党をまとめてくれ。三万でも四万でもよい。朝廷に軍勢があれば、武士の動向を気にすることなく、戦ができる。朝廷が戦をはじめないから、動揺している武士たちも、こちらに靡《なび》いてこないのだ」

正成はなにも言わず、大塔宮に眼を据えていた。

「朝廷の軍は、この国の軍である。幕府を倒したのちは、武士はいらぬ。朝廷に軍がいるだけでよい。政事は、その軍の力を背景にして行われる。これは、帝も承知しておられることだ」

　帝が承知しているかどうかは、具行は知らなかった。文のやり取りはあるだろう。承知しているとすれば、その文の中でのことかもしれない。

「私は、考え続けてきた。帝の子として生まれた意味から、この国のありようまで。考えたことを、ここでは言いきれぬ。ただ、朝廷の軍というところに、ひとつの考えが行き着いたことは確かだ」

　正成は、無言だった。対面の場にいるのは、具行ひとりである。大塔宮が、それを望んだ。この場の話は、あってないようなものだ、と具行は思った。

「本来なら、幕府軍が即ち朝廷の軍である。しかし、領地を与えるということで、間違いが生じた。すべての領地は、幕府ではなく、朝廷が与えるべきものであった。領地を与える者が、力を持つのは当然なのだ」

「馬鹿げておりますな」

　正成が、低い声で言った。

「朝廷の軍は、また新しい幕府を作るだけのことでありましょう」

「違う。武士をなくすのだ。軍にいる兵はすべて、朝廷より扶持《ふち》を支給される。領地など持たぬ。すべてがすぐにできるとは思わぬが、領地を持たぬ軍を組織することは、まずできる」

「できません」

「帝の息子たる私が、やろうというのだ」

「大塔宮様は、集まってくる悪党に、なにをくださいますか？」

「新しい、この国を」

「国は、食えません。したがって、米ひと粒の価値もありません」

「悪党にとっては、そうか」

「悪党がなにを求めているのか、大塔宮様はお考えになったことがありますまい」

「おう、聞かせて貰おうではないか。悪党である楠木正成は、なにを求めている？」

「まず、生き延びることを。そのためには、北条にも与《くみ》します。そもそも悪党は、生き延びるための方便でなったものだ、と思っていただいてよいのです」

「しかし、幕府に逆らっているではないか」

「それは、幕府が生き延びさせてくれないからです。つまり、与えるべき領地がございませぬ。土地のほとんどは御家人のもので、残りは公家や寺社のもの。悪党が生きる余地は、どこにもございません」

「では、領地を与えればよいのか？」

「即座に」

「無論、朝廷にも与えるべき土地はなく、だから官位などで釣ろうとしている。悪党は、官位はいらぬのだろうな」

「官位を戴くより、悪党であり続ける方が、ずっと名誉だと私は考えております」

「では、やれるものはなにもない」

「つまり、朝廷の軍など夢のようなものにしかすぎません」

「困ったな」

短気というより、激情家である大塔宮が、驚くべき忍耐を示していた。

「朝廷が与えられるものは、ほんとうになにもないのか、正成？」

「銭ですかな。悪党は、銭で生き延びる道を見つけておりますので」

「その銭も、朝廷にはない」

「銭が入る道。それがひとつ考えられます。米を動かす。作物を動かす。鉱物を動かす。ほかの、さまざまな人の営みに関るものを動かす。そこに、銭が生まれます」

「銭の入る道なら、朝廷ではなく、幕府も与えることができるはずだ」

「だから、早い者勝ちです。悪党に、節操などありませんので」

正成が言うと、大塔宮は声をあげて笑った。具行は、背中に汗が流れているのを感じていた。とてつもないことが、いま語られている。朝廷など無意味だ、と正成は言っているのだ。それに対して、大塔宮が頷いてもいる。

「銭の入る道か。考えておこう。それを考えたら、悪党をまとめられるのか、正成？」

「この楠木正成では、とても無理でございますな」

「誰なら、それができる？」

「大塔宮様」

「ほう、私がどうやって？」

「叫ばれればよいのです。大塔宮ここにありと。たったひとりで、叫び、闘われることです。声だけでは、遠くまでは届きません。令旨《りょうじ》も発せられることです」

「この私に、自ら兵を挙げよと？」

「悪党が集まってから、戦をしようというのは虫が良すぎます。悪党に、得をすると思わせれば、当然集まってきます。軍勢として組織されるのは、それからでございましょう」

「それまでに、捕縛されてしまえば、武運つたなき宿命であったということか」

「この正成は、悪党でございます。私がまとまれと声をあげれば、自らの利を考えている、とほかの者は思います」

「しかし、和泉では、悪党が集まって蜂起した者を助け、六波羅の討伐軍を打ち払っている」

「一度は、力を試したかった。それが、あの和泉の騒動です。あれで、自分たちが力をいくらかは持っていることを、そしてそれが売れるかもしれないことを、悪党はそれぞれに知ったと思います」

「それを知らせたのは、正成であろう」

正成の眼が、束の間細くなった。

「私もまた、自分の力が知りたかったのです。それは売れるものだ、と判断いたしました」

「私に、それを売る気なのか?」

「いいえ、この国に」

「値は?」

「銭の道です。それをいただきたい。水運、陸運、海運。そこで動くことを、認めていただければいいのです。大塔宮様が言われる、新しい国がそれを認める。私はそれならば自分の力を売りましょう」

「私が声をあげても、悪党のひとりも集まらなかったら」

「少なくとも、ひとりだけは」

「それが、正成か」

「御意《ぎょい》」

「正成ひとりか」

　大塔宮が、眼を閉じた。

　正成は、大塔宮に挙兵を勧めている。なんの力もなく、ただ立てと言っている。大塔宮の挙兵を、なにかに利用する気ではないのか、と具行は思った。その疑念を抱きながら、口にすることはできなかった。

　いまの自分には、よくわかる。すべてが、取引なのだ。朝廷だ帝だと叫んだところで、利がなければ従う者はいない。正成が大塔宮を利用しようとしても、かたちとしては大塔宮が正成の力を借り、利用しようとしていることになる。

　大塔宮が、また声をあげて笑った。

「いや、いい話ができた。話だけでも、私には愉しかった。具行しかおらぬ場なので、お互いになんでも口にすることはできた、という気がする」

「私も、ただ挙兵せよなどという話には、もう飽き飽きしておりまして。関東の、北条に不満を抱く武士など、もっと飽きておりましょうな」

自らが闘わないかぎり、誰も従わない。それは当たり前のことで、正成がそう言うのは正論だった。しかし、廷臣たちには、その正論がわからない。どの武士とどの武士を従わせれば兵力がどれほどになり、北条氏の軍と闘わせても一年は保《も》つ。そんな勘定ばかりしているのが、廷臣の謀議だった。

対面を終えると、正成は風のように叡山を降りていった。

大塔宮は、それから何日も考えこんでいた。

「楠木正成が申したことを、それほど深く考えられることはない、と思います。悪党は、時には口先で自分を売ったりもするのではないでしょうか」

「まことに、そう思うのか、具行？」

「ではないにしろ、正成の申したことは飛躍がすぎまする」

「時が迫っている。正成は、そう言おうとしたのではあるまいか」

確かに、後醍醐《ごだいご》帝の動きは活発である。南都北嶺を味方に引きこみ、京の民が喜ぶような法令を出し、各地の武士には秘密裡に懐柔の使者を出している。そして毎日のように、宮中では倒幕の謀議が練られているのだ。

いつ六波羅が、鎌倉の幕府が動いても、不思議はない。いまのところ、倒幕の謀議の事実が洩れていないだけなのだ。

「このままでは、朝廷の謀議は潰される。今度は、幕府は帝の罪さえも問うかもしれぬ。そうすれば退位となり、私も親王でさえなくなる。最も穏やかな事態を想像しても、そういうことだ。そして、六波羅には大軍が集められ、悪党が蜂起する余地もなくなる。北条の政権は、そういう力であと十年、二十年は保つであろう」

その間に、北条家の中に人物が現われないともかぎらない。北条家の内部が糺《ただ》され、各地の武士は慰撫《いぶ》され、不満は次第に収まっていく。つまり、揺らぎつつある幕府が、もう一度大地を両足で踏みしめるということだ。

朝廷は、さらに強い幕府とむかい合うことになる。武士が政事をなす時代が、もっと続くだろう。

あるいは、武士の間で叛乱が起きるかもしれない。その時は、朝廷は大義のための存在で、叛乱が成功すれば、またいまの状態に戻ることになる。

いずれにせよ、大塔宮が思い描いている、帝親政の国など、夢のまた夢なのだ。

ほかの武士がなにかやる前に、朝廷が動けと正成は言っている。でなければ、どんな混乱が起きようと、朝廷の存在が新しくなるということはない。このままでは、袋小路のようなものだと、具行にも見える。

正成もまた、袋小路に入っているのかもしれない。悪党として大きくなるには、限界がある。このままでは、やがて幕府に屈するか、滅びるしか道はない。その正成の活路が、どこにあるのか。

「見えます、なんとなく」

「正成は、いま自らの存亡を賭けて闘うしか道がない。先の先まで見通せば、そういうことになる。散所《さんじょ》の長者で、やがて御家人に組みこまれる。そうすると、正成が本領としている運送など、幕府の手に取りあげられるであろうし」

「正成も、悪党としての存亡を賭ける。同じように、大塔宮様も、存亡を賭けて欲しい。そう言っていたのでしょうか」

「まさに」

「たかが、河内の悪党ではありますが」

「商いとは、そういうものであろう。払った分を貰う。正成としては、当たり前のことなのかもしれぬ」

「赤松円心は、どう考えておりましょう？」

「私は、則祐を通じて円心と語ってきた。老練で、しかも柔軟だな。悪党なるがゆえに、混乱があれば乗じて儲ける。鎮撫されれば、支配者に従う。地頭職を受けているところを見れば、御家人になることもいとうまい。ただ、時代の流れを正確に見ている。間違いは、正成よりずっと少なかろう」

具行の考えとは、いくらか違っていた。円心は、機を窺っているのだ。それまでは、隠棲というかたちを崩さず、国司にも従順で、播磨では決して混乱を起こさない。いざなにかあれば、果敢に動く男だろう。具行は、そう思っている。

「私は、いつまでも待たぬ。暮には、宗良が座主に昇ることになった。その時点から、私は戦の仕度をする」

「それは、叡山から朝廷が崩れていく、ということにもなりかねません」

「それでもいい。生きながらの死より、闘って散る方を私は選ぶ。それが天皇家に関ってこようともだ」

具行は息を吐いた。武人のようなこの気概が、この親王の大きな魅力ではあるのだ。自分も、それに惹かれている。

後醍醐帝には、若いころから近習《きんじゅ》していた。

複雑な人格であった。激しさも、狡猾《こうかつ》さも、狷介《けんかい》さも、すべて受けとめてきた。帝たる人だからである。具行にとって、帝は万能であった。死ねと命じられれば死に、去れと言われれば去る。それは、武家の主従とはまるで違っていた。帝たる人は、民のすべてに対し、万能なのである。

　そして、護良という皇子に会った。帝の激しさだけを受け継いだような、剛直な人柄であった。なにか、いつも遠くを見ているような、純粋なものも感じた。

　帝にも大塔宮にも、ただ愚直に仕えてきた。この愚直さは、公家の家に生まれた者の本能のようなものだろう、と具行は思っていた。しかし、帝の周囲の廷臣を見ている間に、自分の性格のようなものかもしれない、と感じるようになった。愚直とは正反対の廷臣しか、見ることがなかったのだ。

　帝が万能だという考えは変らないが、宮中にいるより、大塔宮のそばにいる方が、具行は落ち着いていられた。受けとめなければならないのは、その激しさだけであったし、なにより周囲に腐臭を放つ廷臣がいなかった。宮中と大塔宮を繋ぐいまの役割が、自分には合っているのだとも思う。

「私は、宮中へ参ります、大塔宮様」

「むこうには、仲円がいるのだが」

「円観《えんかん》殿や文観《もんかん》殿という、帝のお側の僧の相手だけで、仲円僧正《そうじょう》は手に余っておりましょう。これからは、なにが起きてもよいように、私が帝のお側にいることも大事であろうと思います」

「そうか」

大塔宮は、止めなかった。

帝の周囲の廷臣に、消し難い危惧を大塔宮が抱いているのは、わかっていた。帝は万能でも、廷臣は万能であってはならないのだ。

「すべてが、動き出す。私には、そんな予感がする。正成も、同じ予感を持ったのかもしれん。ゆえに、叡山に登って、私と対面したとは思えぬか？」

「私は、なにがあろうと帝のお側から離れません。そして、大塔宮様を見ております」

「そうしてくれ。帝と私は、一体でなければならん。間に、ほかの廷臣を入れたくない」

日野俊基らの動きが、どれほど活発かは、具行も知っていた。しかし、それはまだいい。危険に身を晒して、動いているからだ。

決して危険なところに立たず、帝の側にいることそのものが力だ、と思っている廷臣がいる。そして帝は、そういう人間をあまり嫌ってはいない。

大塔宮が梶井門跡《もんぜき》から叡山と、出家した状態にあったのはいいことだったかもしれない、と具行は思った。宮中にいれば、帝の寵愛《ちょうあい》を受けている廷臣と、必ずぶつかっただろうからだ。

秋も深まったころ、具行は叡山を降りた。

6

正成は、怯《おび》え続けていた。

大塔宮に、大変なことを言った。朝廷か、大塔宮かが兵を挙げれば、自分ひとりはそれに加わる、と言ってしまったのだ。熟考の末だった。何年にもわたって、悪党が生き延びる道を考え、いまの幕府が倒れ、新しい支配者が現われないかぎり、滅びるしかないという結論に行き着いたのだ。同時に、いまの朝廷にそれができるはずがない、という結論にも達していた。ならば、幕府と闘えるのは、誰なのか。平氏である北条に対抗する、源氏の勢力なのか。しかし足利高氏《たかうじ》という源氏の棟梁は、幕府の有力な御家人でもある。悪党がひとつにまとまって闘うなどということは、やはり不可能だ。利で誘われれば、そちらへ靡く。それが、悪党の生き方だからだ。

幕府の御家人になる道がある。

その時は、玉櫛と赤坂あたりの小領主ということだろう。河内を中心にして、伊賀、大和、和泉、摂津に拡げた商いの力は、無に帰する。内海の海賊衆と手を結んで、さらに商いを拡げることなど、考えられもしない。

　いまの力を守るためには、新しい支配者が必要なのだ。その支配者に、楠木という一族を認めさせなければならないのだ。

　それが、第一だった。

　新しい国を作る。大塔宮のその考えに、心を動かされているところもある。悪党にすぎなかった自分が、国を作る力のひとつになる。生まれてきた甲斐があろうというものだ。

　しかし、正成は怯えていた。

　全国の、あらゆる情報を集めた。猿楽の一座や、商いの道を通して入ってきた情報は、どこの誰よりも多いだろう。

　幕府に対する怨嗟《えんさ》の声が、国じゅうに拡がっていた。誰とは言わず、時代という捉え難い怪物のようなものが、新しいなにかを求めていた。この国はいま、古い着物を脱ぎ捨てたがっている。

　それがわかってもなお、幕府は強かった。

　倒さないかぎり、反逆者である。自分の首はもとより、一族ことごとく誅殺《ちゅうさつ》されるだろう。あえて危険な道を選ばなければ、悪党はほんとうに生き延びられないのか。

大和や伊賀を、駈け回った。

兵糧を、山中の村に預けるのである。玉櫛の倉から、武器も持ち出し、やはり山中の村に隠した。負ければ、落ちのびる場所は、伊賀か大和の山中しかない。はじめれば、命のあるかぎり闘うしかなかった。

楠木軍は、一千に増強した。調練も重ね、精強な兵に育っている。ほかに、若い者を五百、十日に一度調練した。ふだんは、馬借や船頭や農耕をしている者たちである。老いた兵を、それと徐々に交替させていく。

やれることの、すべてはやった。

それでも、正成は怯え続けた。

山中の村に泊る時は、女を抱いた。女の肌のぬくもりがなければ、夜が眠れないのだ。一千の兵で、数十万の幕府軍に包囲されている夢を、しばしば見た。

「祐清、俺は見苦しいか？」

「見苦しいとは思いません。殿の肩に載っているもののことを考えると、私まで息が詰まりそうになります」

一族の、誰に相談をしたわけでもなかった。唐突にひとりで決め、知っているのは昨年叡山に同行した、祐清と加布と尾布だけである。

大塔宮に呼ばれた時に、心を決めていたわけではなかった。拠って立つものを、朝廷に求める。それは、前から持っていた考えのひとつだった。いまならば、悪党も朝廷に拠って立つ場所を求められる。

しかし、朝廷と幕府の力の差は、歴然としすぎていた。力の差などというものではない。幕府が、一方的に力を持っている、というかたちなのだ。

「男がつらい時、女の躰に逃げこむのだということが、いやというほどわかったぞ」

「私も、殿が小肥りの女子《おなご》が好きだということが、よくわかりました」

どんな時でも、祐清は皮肉な口調を忘れない。それが、恐怖で乱れかかった正成の気持を、不思議に鎮める。

重里の村にも、兵糧と武器を運びこんだ。それだけでなく、銭倉の銭もかなり預けた。

「なにかが起きる、と考えておられますな、正成殿は」

重里持久は、正成の行動を淡々と見つめているようだった。なにを持ちこんで預けようと、持久が幕府につくと決めれば、それで終りである。預ける相手を選ぶのは、ほとんど嗅覚のようなものだった。悪党である、というだけで預けられはしない。

「持久殿は、なにも起きないと思われているのか。氏久殿も？」

「父は、金《きん》を探すのに取り憑《つ》かれたようで、時代の流れには眼もくれません。私は、よく見て、慎重に行動しようと思っています」

「朝廷は、また負けるのかな」

「それは、正成殿の方が読んでおられましょう。河内は、時流を見るには恵まれた場所です。正成殿は、その利を充分に生かして、先へ先へと手を打ってこられた」

「しかし、力は小さすぎる。自分ひとりでは、なにもできん」

「そこをどう乗り切られるか、私は見ています。御心配には及びません。時代がどう流れようと、私は楠木正成という方を、裏切ったりはしません。あくまで、ひとりの男である楠木正成殿をですが」

「俺も、持久殿に損はさせぬ。迷惑もかけぬ。ただ、なにかあった場合は、少しだけ長い眼で見てくれ」

「正成殿が、生きておられるかぎり」

同じことを言った人間が、伊賀にひとりいた。金王盛俊。二人いるだけでも、充分すぎる、と正成は思った。

人に対して、外にむかって、正成は強い男でいられた。一度内側をむくと、すぐに怯えが顔を出す。

山中は、雪が多かった。昨年の暮から降りはじめ、根雪のようになっている。昨年は日照り続きで、ひどい凶作だった。米の値が、高騰している。それでも河内の蓄えは充分で、米商人が京から買い求めに来るほどだ。

売ったのは、わずかだった。あとは、山中の村々に預けた。少しは売らなければ、おかしな噂を立てられかねない。

三月に入り、ようやく山の雪は解けはじめた。

正成の心は騒いだ。猿楽の一座が持ってくる情報、京へ潜入させた加布、尾布からの情報。すべてが緊迫し、なにかあるとたちまち破れそうな感じだった。

大塔宮が、勝手に還俗して尊雲から護良という名に戻り、叡山の僧兵をまとめている、という話も流れてきた。

玉櫛の館に、一族と重立った家人、二十四人を集めた。

夜はまだ冷えたが、人が集まった広間には、むっとする熱気が満ちていた。灯芯の燃えるじりじりという音がした。

「みんなに、申し伝える。今夜より、命をこの正成に預けて貰いたい」

一族の長の決定である。改めて命を預けろというのも、おかしなものではあった。

「死ぬまで、この正成を信用しろということだ」

一座は、しんとしていた。

「なぜだと思うことが起きても、この正成に従え。俺は悪党として生き、悪党のまま死ぬ道を選んだ。俺が死んだら、みんな山に散り、いずれかに落ちよ。幕府と、闘う」

声はあがらなかった。

悪党が、悪党として生きるなら、幕府と闘うしかない。このわかりきった結論に達するまでに、実に何年もの時がかかった。

「すぐに、戦ですか？」

神宮寺小太郎だった。

「戦の機も、俺が摑む。どういうかたちになるかは、まだ見えん。いつものように、兵の調練は続けろ。いずれ幕府と闘うと知っているのは、ここにいる者にとどめろ」

「ほかへの、合力《ごうりき》の依頼は、どういたしましょうか？」

菅生忠村が、憂鬱そうな声で言った。和泉の和田助家、伊賀の服部持法、金王盛俊。

次々に名前があがりはじめた。

「合力は頼まん」

正成は言い放った。

「闘う時は、楠木軍一千だけだ」

全員が、息を呑んだ。

「俺がいま声をかければ、二万、いや三万は集まろう。六波羅と、一年ぐらいは闘える。しかし、負ける。散り散りになり、溢《あぶ》れ者よ。一千で闘う。そして、二年も三年もかかるかもしれん。これが悪党の戦だというものを、俺はしてみせる」

「そして、勝つ。そうですな、兄上」

「そうだ。勝つのだ、正季。勝つために、俺は全知全能を絞ろう。いま、楠木が戦をやらねばならん理由はない。しかし、いまやっておかぬと、少しずつ締めあげられ、やがて悪党でさえもなくなっていく。俺は、それを拒むと決めた。悪党として、生き延びる。さもなくば、闘って散る」

　かつて、寺田方念がそうだった。喋りながら、正成はふと思った。しかし、あの時とはもう、すべての状況が違うのだ。

「申し伝えることは、これだけだ。いつ呼集をかけるか、どこで戦になるか、わからん。心しておけ」

　しばらくは、誰も席を立たなかった。

「散れ」

　正成が言って、はじめてひとりふたりと立ちはじめた。

　正季ひとりを、残した。

「なんだかわからぬが、大決心をされたのですな、兄上」

　正季は、とぼけた言い方をした。

「悪党としての活路を、捜し続けた。同時に、世の流れも見ていた。考えに考えた。やるべきことは、すべてやった。しかし決めたのは、はずみのようなものだ」

「はずみがなければ決められない。そういうところまで、兄上は来ておられたのでしょう。和泉で軍を動かしたあと、兄上はこれからどうされるのだと、俺は本気で心配しましたよ」

「悪党が、拠って立つ場所がある。それは見えていたが、そこが地獄かもしれぬという思いを、いままで拭いきれなかった」

「いまは？」

「地獄なら、そこを歩いてみよう。そう思っている」

「楠木一党で歩く地獄ならば、それもよいかもしれません。悪党はみんな、どうしようもない不安を抱えています。小さな蜂起が頻発するのは、そのせいでしょう。いまのところわれらは、六波羅の眼からうまく逃れていますが、いつという不安はたえずありました」

「俺はなあ、正季。ほんとうはこわいのだよ。たまらなくこわい。六波羅の雑兵《ぞうひょう》が相手ではなく、幕府そのものが相手なのだからな。そして、あろうことか、朝廷を拠って立つ場所にしようとしている。河内の、ちっぽけな悪党がだ」

「それも悪党。兄上は、俺などよりずっと悪党らしい悪党だ。なにしろ、誰の合力も頼まず、幕府と闘おうというのだからな」

「もういい、正季。俺は生き延びる方法だけを考えてきたが、いまはそれだけでもなくなっているのだ」

「別になにかある、というのですか？」

「新しい国を作る。この手でだ。そこまで考えなければ、戦などやってはならん、という気がしてならんのだ」

「新しい国とは？」

「かたちは見えん。いまあるものを毀《こわ》して、はじめて見えてくるという気がする」

　武士をなくす。武力は、朝廷の軍だけにする。大塔宮の考えは途方もなく、実現できるとはとても思えなかった。武士を領地から引き離そうとすれば、それだけで命がけの反抗をする。だから、武士と領地が切り離せるわけはなかった。

　しかし、朝廷だけの軍を作ることは、不可能ではない。悪党を糾合《きゅうごう》しても、それはできる。そして領地ではなく別のものを、たとえば銭を与える。

　物資の動きは、やがてすべて銭が左右するようになる。商いをするにも、銭を使えばずっと楽だということは、正成自身が身にしみて知っていた。

「ひとつだけ。朝廷の軍ということを考えたことがあるか、正季？」

「どうも、弱そうな軍ですな」

「いまは、まだない。しかし朝廷が力を持つためには、軍が必要だ。そして悪党は、その軍に加わることができる。いや、主力となることができる」

「なるほど。なんとなくわかります。悪党がまとまれば、これはひとつの軍だ」

正季は、ちょっと窺うような視線を、正成にむけた。あまりものは考えない。日ごろそう言っているが、正季も実はよく考える。考えた結果が、戦の指揮をするという役割を見つけさせたのだ。楽な道を選んだ。正成はそう思っている。

「兄上は、その軍の指揮者にでもなろうというのですか？」

「それは、おまえの方が似合っている。俺は、この国の中で、自由に物資を動かしたい。九州のものから、陸奥のものまでな。それで、利をあげるのだ」

「やっぱり、商いですか、兄上は。俺は、商いがいまに大きな力になる、と思っています。楠木が、六波羅には信じられないような底力を持っているのも、商いで得たものだと思います」

「新しい国になればな」

「新しい国ですか」

「さし迫った戦を、まず闘い抜かねばならん。そこで、負けたら、新しいも古いもない」

「こわいと言っておられましたな、兄上？」

「こわいから、新しい国などと考えてしまうのかもしれん。俺は幼いころから、どうしてもこの臆病さを克服できなかった」

「新しい国。それでよいではありませんか。俺らは、世のありようを毀してきた悪党です。毀したところには、新しいものが生まれるしかないのですから」

「つらい闘いだぞ」

正季は、黙っていた。灯台の明りが揺れ、正季の顔に束の間翳《かげ》りがよぎった。

五月に入って、いきなり大事件が起きた。

六波羅の軍勢が宮中のそばに迫り、日野俊基を捕縛したのである。ほかに、何名かの僧も捕縛されていた。

宮中で練られていた倒幕の謀議が、洩れたようだった。正中の変の時と似ていたが、密告したのは、帝の側近である吉田《よしだ》定房《さだふさ》だったという。

正中の変と同じということになれば、帝は罪を日野俊基ひとりに押しつけ、知らぬ顔で逃げおおせるのか。そうなれば、帝の挙兵などということはなくなる。六波羅は、厳しく監視するに決まっているからだ。

しかし、それだけで終るのか。

帝の謀叛は、これで二度目である。幕府は、帝を退位に追いこもうとするのではないのか。そうなれば、大塔宮も親王ではなくなってしまう。つまり、拠って立つところではない、ということになるのだ。

慎重に、正成は事態の推移を見守った。加布と尾布は、手下とともに京に潜入させてある。帝が追いつめられつつある、というのは確かなようだ。

六月に入ると、捕縛された者たちは、鎌倉へ送られた。正成は赤坂村の館にいて、その報告を聞いた。鎌倉で厳しく調べられれば、倒幕の謀議に帝が関与していたことが、はっきりするかもしれない。帝の捕縛という事態も考えられた。

拠って立つものを間違えたのか。あまりに頼りない存在に、一族の命運を賭けようとしてしまったのか。無論、宮中は六波羅の監視下にある。なにをなすすべもなく、制圧されてしまったというように、外からは見える。

「会っていただきたい者がおります」

ある夜、尾布がひとりの男を連れてきた。会ったことがある。大塔宮が、旅の供に連れていた僧のひとりだ。

「祐乗坊殿、だったな」

「はい。叡山からの使いで参りました」

大塔宮からの使者。正成は、祐乗坊を自らの居室に入れた。

「六波羅は、いずれ宮中を兵で囲み、帝を捕縛するであろう、と大塔宮は考えておられます」

「やはり、帝の捕縛か」

「それに備えて、宮中からの脱出の方法がいくつか用意されております。帝が脱出すれば、あとは挙兵しかありません」

帝が、ついに自ら挙兵する。正成が待っていたものだった。朝廷が、帝が、楠木一族の拠りどころになる。

「叡山では、戦の準備がはじまっています。緒戦《しょせん》で、とにかく六波羅を叩く。それが肝要だと大塔宮はおっしゃいました。そうすれば、六波羅に反感を持った、悪党や武士も集まるであろうと」

それほどうまく事が運ぶのか。緒戦で六波羅に勝ったぐらいで、人が集まってくるのか。大塔宮も、どこか甘い。帝の反乱ゆえに、加担すればただでは済まない。逆に、誰もが慎重に見守ろうとするはずだ。そのあたりの、悪党の心の動きは、正成にはよくわかる。

「ひとたび挙兵となれば、大塔宮も叡山の兵を率いて合流されます。ただ、叡山の兵はそれほど遠くには行きたがらぬ、と考えておられます」

「まず第一に、帝の宮中脱出がうまくいくかどうかだ」

「北畠具行様が、手を打たれるはずです」

「脱出できなかったら？」

「大塔宮おひとりで、倒幕の挙兵をされます。難しいことではございますが、たとえ二、三十の兵力であろうと、決起をためらうことはないと、それだけは楠木様にくれぐれもお伝えするよう、申しつかっております」

「別の機を待たれる、ということはないのだな」

「ございません。ただ、帝と大塔宮様が合流できるのが、最善のことです。兵も、多く集まりましょう」

「それで、楠木はどうしろと？」

「馳せ参じていただけますか？」

「それはできぬ。楠木軍の戦は、楠木軍だけでやる」

「挙兵は、していただけるのですな？」

祐乗坊の眼は、血走っていた。すでに心の中では挙兵しているのだ、と正成は言いたかった。

「間違いなく、楠木正成は決起する」

「帝のお召しがあります。それに応じて、決起されたというかたちを、おとりいただきたい。これは、北畠様からの伝言です」

「なるほど」

悪い策ではなかった。少なくとも、楠木軍には大義名分ができる。悪党だが、ただの蜂起ではなく、帝に命じられたから、というかたちは作れる。

「承知した」

「楠木軍の兵力は、どれほど?」

「およそ、一千」

「一千。それだけでございますか?」

「正成には、正成の存念がある。一千と決めたのだ。大塔宮には、そうお伝えしてくれ」

「かしこまりました」

祐乗坊は、肩を落としていた。二万とか三万とかいう数を、聞きたかったのかもしれない。

一千での決起が正しい。

正成は、何度も自分に言い聞かせた。心のどこかが、ふるえはじめている。

『楠木正成』
初出「中央公論」一九九九年三月号〜二〇〇〇年五月号
単行本　二〇〇〇年六月　中央公論新社刊
文庫　二〇〇三年六月　中公文庫刊

本書は、右文庫『楠木正成　上』の新装版です。

中公文庫

楠《くすの》木《き》正成《まさしげ》（上《じょう》）

——新装版《しんそうばん》

2003年 6 月25日　初版発行
2022年 2 月25日　改版発行

著　者　北《きた》 方《かた》 謙《けん》 三《ぞう》

発行者　松 田 陽 三

発行所　中央公論新社
〒100-8152　東京都千代田区大手町 1-7-1
電話　販売 03-5299-1730　編集 03-5299-1890
URL https://www.chuko.co.jp/

ＤＴＰ　ハンズ・ミケ
印　刷　大日本印刷
製　本　大日本印刷

Published by CHUOKORON-SHINSHA, INC.
Printed in Japan　ISBN978-4-12-207178-0 C1193